あやかし帝の恋絵巻

異世界行ったら二分で寵姫!?

めぐみ和季
WAKI MEGUMI

一迅社文庫アイリス

CONTENTS

紅羽《くれは》
夜白に仕える
天狗のあやかし。
右ノ大臣《うのおとど》。
女好きでいつも女官を
従えている。
夕羅《ゆら》
元官吏の息子で、
内乱前の八雲を
取り戻すべく、
真桜に夜白更生を
依頼する。
夜白《やしろ》
八雲の帝。
あやかしを臣下に置き、
恐怖政治を行っている。
幼い頃出会い、
約束をした真桜を
妃にするため呼び出した。
珠黄《たまき》
夜白に仕える左ノ大臣《さのおとど》。
狐のあやかしで
八匹の狐を連れている。
お仕置するのが大好き。

異世界行ったら
二分で寵姫!?

あやかし帝の恋絵巻

ayakashi mikado no koiemaki

登場人物紹介

真桜《まお》
ごく普通の女子高生。
お人好しで人から頼まれた
ことを断れず、部活に
いくつも所属している。

【八雲】
夜白の統治する大国。十年前に内乱が起きて夜白が帝になってから、あやかしを登用するようになった。

【イツキさま】
八雲建国の際に光臨した、守護神のような存在。王族のみがその姿を見、神力を分けてもらえる。

イラストレーション◆伊藤明十

「……だ、だれ？」

冬の力ない残陽がわずかに射しこむ薄暗い室内――蜘蛛《くも》の巣と埃《ほこり》だらけの書棚の片隅でうずくまる奇妙な装束の少年を、幼い真桜《まおう》は怖じけたまなざしで見つめる。

そこはかつて本好きの老人が、自宅の洋館を改築して作った小さな私営の図書館だった。だが、二年前、彼が亡くなったのちは引き継ぐ者もなく、内も外も荒れるばかり。老人の幽霊が出るとの噂《うわさ》もたち、今や子どもたちの肝試しの場となってしまっている。

まさか幽霊？　真桜はおっかなびっくり近づいていく。少年は小学一年生の自分よりは二つか三つ年上に見えた。近づくにつれ、少年が非現実なほどに美しい顔立ちをしていることがわかり、真桜の恐怖はいつしか好奇心へと変わっていく。

「……ねえ、ここで、なにしてるの？」

「………」

尋ねても、少年からの答えはなく、うつむいたままだった。

光のかげんで紫紺色《しこんいろ》をおびる貴石のような瞳《ひとみ》は、この世のすべてを諦《あきら》めたようにぼんやりと虚《うつ》ろだ。真桜が隣にしゃがんだとき、少年は少しだけはっとして彼女を見たが、すぐにまたうつむいてしまう。

（……よその国の人かな）

少年は和とも洋ともつかぬ奇妙な服を着ていた。地模様のある筒袖《つつそで》の長丈服に、銀の刺繍《ししゅう》を全体にほどこした長いベストは、異国の民族衣装のよう。しかし異国の少年がなぜ廃屋にひとりでいるのか――母を訪ねて日本にやってきたが、路頭に迷ったか。はたまた大使の息子で、国際事件がらみで誘拐されたのを、犯人から命からがら逃げてきたか――少年の憂えた表情は、真桜にそんな想像をかき立てさせ、なんとかしなくちゃという気持ちにさせた。

まずは少年の警戒心を解こうとこころみる。

「大丈夫よ。ここにいるのはあたしだけだから」

真桜はたったひとりでこの廃屋に来た。幼馴染《おさなじ》みの萌《もえ》ちゃんの頼みである。萌ちゃんが母親の高価なブローチを無断でつけ、友人たちと外で遊んでいたところ、帰り際になって、落としたことに気づいたらしい。足を運んだ場所をたどってみたが見つからず、残る候補が肝試しをしたこの図書館だったとか。しかしすでに夕刻で怖くて中に入る勇気もなく、さりとて母親になくしたと打ちあける勇気もなく、真桜に泣きついてきたのだ。

ちなみに当の萌ちゃんは現在自宅待機中だ。母さんが万が一早く帰ってきたときに時間稼ぎをするのよ――というのが言いわけだった。本音は六時からのアニメ番組を見たいだけだと、真桜は知っているのだが、頼まれたら嫌と言えないのが、真桜の性分である。

「ひとりよ、あたしひとりしかいないわ。だから安心して」

それでも少年は無反応だ。やっぱり言葉じゃ伝わらないのかも、と思った真桜は、あっと閃《ひらめ》き、近くの書棚を漁《あさ》ると、絵本を山ほど抱えて戻ってきた。

「えぇっと、ひとり、ひとり、ひとりきりの絵は……ないなぁ、あ、これでいいや」

真桜は『マッチ売りの少女』の絵本を手に取ると、雪の降る町にひとりでたたずむ哀れな少女の挿絵を指さす。それでひとりだということを伝えようとした。少々意味が違うが、幼いゆえ、そこは適当だ。

「あたしは他《ほか》の子に用事を頼まれて、ここに来ただけよ」

と、その意味を伝えるべく選んだのは、『シンデレラ』の絵本。義姉たちに用事を言いつけられるボロ服の主人公の挿絵を指さして、これが私だと教える。

はたして少年に伝わったのか。彼はあいかわらず虚ろな瞳で、なんの反応も見せない。

と、そのときだ。ふいに頭上でバチッと青白い光がまたたいた。

(……え？　なに？)

蛍光灯がついたのかと真桜は天井を見上げた。だが、青白い光は続けざまに室内のいたるところでまたたきはじめた。怖くなった真桜が、絵本を放り出し、少年の袖《そで》にしがみつくと、少年はこわばった目をして、真桜の肩越しになにかを見る。

私のうしろにだれかいる——怖々ふり返った真桜は、悲鳴を上げそうになった。

書棚と書棚の間——そこを光と闇《やみ》の粒子が溶け合うように渦巻き、やがて真桜の五倍以上はあるであろう体躯《たいく》を形づくる。

血管の浮きでた青黒い肌。ねじれた獣のような二本の角。汚れたざんばら髪の隙間《すきま》からのぞく金色のひとつ眼《め》。

それはまさしく「鬼」だった。真桜が絵本で知る以上に醜悪な異形の鬼――!

鬼は獣じみた咆哮《ほうこう》をあげ、闇をまといつかせながら、こちらへゆっくりとやってくる。

「に、逃げるわよっ!」

真桜は立ちあがり、少年の袖を引いた。

しかし少年はその場から動こうとしない。

おびえて腰が抜けているようではなかった。だからといって鬼に立ちむかう様子もない。ただただ諦めたように座り込んでいるのだ。

「なにしてるのよっ!」

もう一度袖を引くと、少年はこばむようにふり払う。一瞬、真桜を見て、くいっとあごをしゃくった。勝手にひとりで逃げろ。そう伝えているようだった。

「ばか――っ!」

真桜はほとばしるようになじると、自分でも思いがけない行動に出ていた。近くの書棚からありたっけの本をかき出し、鬼に向かって投げつけていたのだ。

(やだっ、やだっ、こないで――っ!)

怖いから、目をそむけるように投げつける。

(父さんは昔アルバイトでヒーローショーの怪獣役やってたのよ。鬼より強いんだから!)

恐怖につぶされまいと、もはやわけのわからない理由で自分をふるい立たせる。

いったいどれほど本を投げただろうか。

突然、肩をぐっとつかまれる感覚に、真桜はひっと息を呑《の》んで、ふりかぶっていた本を取りおとした。そのまま固まっていると、気付けるように揺さぶられ、それが少年だとわかったとたん、彼女はへなへなと床にへたり込む。

「鬼は……?」

涙目で見まわしたが、どこにもいない。あたりはもとの静闇が広がっている。

「……消えたの?」

「………」

少年が真桜をじっと見下ろしていた。彼の瞳に初めて感情らしき険しさが浮かび、唇から棘《とげ》のある言葉が発せられた。真桜にはさっぱり意味不明の言語だったが、目つきと口調から容易にくみ取れる。叱《しか》っているにちがいない。鬼に立ちむかった真桜の無茶を責めているのだ。

「逃げれるはずないよっ!」

真桜は勢いよく立ち上がり、少年にものすごい剣幕でくってかかった。

こちらの言っていることなどわからないかもしれない。けれど、これだけはちゃんと伝えたかった。真桜はあたりに散らばる絵本を漁りに漁って、見つけた挿絵を彼につきつける。

「いっしょに逃げないとだめでしょう！」

それは『白雪姫』の最終頁《ページ》。王子と姫が幸せそうにいる挿絵。それから『親指姫』の最後の頁も見せる。さらには『眠れる森の美女』も『美女と野獣』も。どれもこれもラストは王子と姫のめでたしめでたし。――ハッピーエンドはひとりきりじゃだめなのだ。

少年と逃げなきゃ意味がない。彼を置き去りにして、真桜ひとりで逃げて、助かったとしても、それはハッピーエンドじゃない。心からよろこべないのだ。

少年はうつむいた。悔しいのか悲しいのか、瞳を涙でにじませる。だが、けっして泣かない。年下の少女の前でみっともないと思っているのだろう。唇を噛《か》みしめて堪《こら》えている。

すると、ふいにぽろりと落ちるひとしずく。

少年ではなかった。涙を流したのは真桜だったのだ。まるで少年の流せない涙を引き受けてやっているかのように。

「……だって、だって、あなたが泣かないんだもん……」

そう言いながら、真桜はとめどなく涙を溢《あふ》れさせ、ついには大泣きしてしまう。あまりの泣きっぷりに少年はとまどった。ぎこちない手つきで真桜の髪をなでてなぐさめてやる。

「……ごめんね……ごめんね……泣いて、ごめんね……」

しゃくりあげる真桜。それを見つめる少年の表情はやわらいでいく。やがてずっと探していた大切なものを見つけたかのように、優しく優しく彼女を抱きしめていた。

だが、長くはそうしていられなかった。鬼にからんでいた闇と同じ黒い粒子が、ふいに少年を取りまきはじめたのだ。真桜は仰天して、それを払おうとしたが、少年は彼女の手をさえぎった。彼は微笑《ほほえ》んでいた。もう虚ろな瞳はしていない。なにか希望を見いだしたような強い光を宿している。

少年はふところから取りだしたものを真桜に握らせる。草木模様をほどこした太い銀の指輪が真桜の手にあった。中央に澄んだ青色をした小さな宝石がはまっていた。

「……あの……これ」

こんな高そうなもの受けとれない。返そうとしたが、少年に押しもどされた。

しかたがないので、真桜はポケットにあったお気に入りの猫柄のハンカチを渡した。ハンカチの端には『真桜』とタグが縫いつけられている。他人に自分の物を貸しては返してもらえない娘に呆《あき》れた母が、娘の持ち物の大半に名まえを入れたのだ。

「……ヤシロ……」

「え？　なに？」

闇の合間からのぞく少年の指が彼自身をさしていた。

ひょっとして少年はヤシロという名まえなのかもしれない。そう思っていると、今度は少年が真桜を指さしてきたので、

「あ、あたしの名まえ？〈まお〉よ…〈まお〉だから！」

急《せ》かされるように真桜が答えたのと、闇の粒子が彼を包み込んだのが同時だった。

「…………マオ…………………!!」

少年は最後に長々と話しながら、指輪をはめるような仕草をくり返し、真桜になにか伝えようとした。

と、それが終わった直後、強烈な閃光《せんこう》がはじけ、彼は闇ごと消えてしまう。

室内は最初の静けさを取りもどした。真桜は書棚の狭間《はざま》で呆然《ぼうぜん》と立ちつくす。

これは夢、幻。少年も鬼もなにもかも。そう思いたいのに、床に散らばる大量の書物と、右手にしこりのようにある指輪の感触がそれを許してくれない。

なによりも生々しく残るのは、少年が消えるまぎわに告げた言葉。まるでわからない言語だったけれど、響きだけが真桜の耳朶《じだ》に魔法の呪文《じゅもん》のようにこびりついていた。

（……ねえ、なんて言ったの？）

壱、果たされた約束

……マオ、マオ！　さあ、おいで。

——お願いだから、今は行かせて！

——いいや、この機を逃すわけにはいかない！

……マオ…私は誓いを果たしたぞ。おまえを迎える準備ができた。

——行けないの。あたしは他《ほか》に行かなきゃいけない場所があるから！

——だめだっ。行かせない。君は私のものだ！

……マオ、さあ来てくれ。我がもとに。闇《やみ》に染まりし我が腕《かいな》の中に！

——…………っ!!

❖

真桜はひどい気だるさをともないながら目覚めた。

(…痛っ)

半身を起こそうとしたが、ぐっと髪を引っぱられる。長い髪が植え込みの枝にからまっていたのだ。暗褐色の絹糸のような髪は、平凡な容姿の自分にとっては唯一の自慢なのに傷んじゃう…と内心で愚痴《ぐち》りながら、からまりをほどき、ふと首をかしげる。

(……そういや、あたし、どうして植え込みなんかに倒れてるの?)

思い返そうとすると、頭の中がまっ白なことに気づき、もしや記憶喪失なのではと、背中が冷や水を浴びたようにぞっとなった。

いやいや、こんなときは慌てず騒がす——すぅはぁと深呼吸で落ち着いてから、ゆっくりと自分の情報を整理することにする。

(……えっと……まずは名まえは『一ノ瀬真桜《いちのせまお》』)

うん、よし、覚えている。

(住所……電話番号……生年月日……血液型……)

こちらもすべて問題なく覚えている。

（……家族構成、父『雄祐《ゆうすけ》』、母『真理江《まりえ》』、弟『太輝《たいき》』、パグ♀『桃《もも》』）

これも問題なし。

（……私立緑風《りょくふう》女子高等学校二年C組。出席番号三番）

問題なし。

（所属クラブはと……『新聞部』……）

問題なし。

（……それから『演劇部』『写真部』『女子相撲部』『ボランティア部』『弁論部』『ミステリー同好会』『アイドル研究部』『もふもふ愛好会』と……問題なしね……）

大いに問題ありでは…と言いたいところだが、事実、真桜は部長たちの頼みでこれらのクラブに所属しているのだ。ただし大半がメンバー不足のジリ貧クラブばかり。要するに真桜は廃部を免れるための要員だった。おかげで毎日が複数の部活でてんてこ舞いだ。まあ、頼まれたら嫌と言えない性分は、小学生の頃《ころ》から変わっていないということ。

（……あ、そうだ。萌《もえ》ちゃんに現国のノート貸す約束してたんだっけ）

件《くだん》の幼馴染《おさなな じ》みとの腐れ縁も相も変わらず続いているようで……。

とりあえず記憶のほうは大丈夫――と、安堵《あんど》したのも束《つか》の間、周囲の景色が目に入ってくると、真桜は今度こそ頭の中がまっ白になってしまう。

「……ここ……どこ？」

夕暮れの茜《あかね》に染められた美しい光景――そこは緑地に岩や築山を配して自然風景を描いた見事な日本庭園だったが、まるで覚えのない場所だったのだ。

はらりと散る紅葉が、近くを流れる曲水の川に風雅な朱を落とすのを見た真桜は、なおのこと混乱する。たしか今は五月のはずなのにと。

そもそもどうやってこの場所に来たのだろう。気を失う直前まで自分がいったいなにをしていたのかも一切記憶になかった。身につけているのは、紺色のブレザーにえんじ系のチェックスカート――高校の制服だ。

風に乗ってかすかに聞こえてくるのは琵琶《びわ》か琴《こと》か――和楽の音色だった。それは日本庭園を幻想的に演出し、目の前のあまりにもできすぎた光景に、もしかしてここは作り物の世界なんじゃないかと真桜は思いはじめた。

（そうだわ。和風のテーマパークなのよ……）

だとしたら季節外れなのも合点がいく。きっと建設途中で非公表なのだろう。恐らく自分は交通事故にでも遭ったのではないのか。加害者が事故を隠すため、気絶した真桜を現場から運び、ここに放置していったのだ。直前の記憶がないのは、事故のショックのせい――『ミステリー同好会』の一員として、真桜はそんな推理をしてみた。

と、そのときだ。真桜はだれかに見られている気がして、はっとふり返る。だが背後には蕾《つぼみ》をつけた水仙《すいせん》が群生しているだけだ。気のせい？　――と思った瞬間、突然、ぱかっと開いた水仙の内側には目玉がついていて、中央のラッパ型の花びらが唇のように動いた。

……オマエ、コッチ見ンナ！

「⁉」

真桜がひえっとのけぞると、他の水仙も次々と開き、血走った目で「コッチ見ンナ！」の大合唱。

（……な、な、なに？　これも作り物よね）

水仙たちの毒舌大合唱はやまず、壊れたのではないかと、真桜がおろおろとしていると、遠くから男たちの声が聞こえてきた。

――おい、そっちは見つかったか？

――いや、早く見つけないと帝《みかど》のお怒りが。

まずい。今見つかっては、これの故障を自分のせいにされそうだ。真桜は慌てて植え込みから這《は》い出ると、つんのめりながらあたふたと逃げ出した。

やがて男たちの声も水仙の大合唱も聞こえなくなり――だが、次に聞こえてきたのは、若い女たちの笑い声だった。見ると、近くには木造の大きな殿舎が立っていた。床の位置がずいぶんと高く、母屋を一周するように欄干付きの簀子縁《すのこえん》が張りだした建築物だ。

周囲を見わたすと、同じ形式の建築物がいくつも立ち並び、それらは屋根がついた渡り廊下でつながっていた。昔の日本の貴族たちが暮らす御殿風だが、全体的に壁が黒く塗装されており、しかも欄干などには赤や金の差し色が入っているので、毒々しさを感じる外観だ。各部屋の入り口の障子枠の形も変わっていて、上部が火炎形になっている。

（……あの部屋かな？）

女たちの声は簀子縁に沿った一番奥の障子の締め切った部屋からした。その部屋だけ明々《あかあか》と灯《あか》りが漏れ、まるで女子会のような賑《にぎ》わいぶりだ。なんだか気になった真桜は近くの階《きざはし》から簀子縁に上がり、ちょっとだけのぞいてみることにした。

（……ん？　なに、これ？）

真桜は簀子縁の途中でまたまた珍奇な物を発見する。小さなドーナツ型のファークッションがいくつも、黒や茶や山吹色と、色違いで無雑作に置かれていたのだった。

（これって、お尻《しり》が痛い人が使う物よね……）

数えてみると一、二、三……七つもある。ここで働くとお尻に負担でもかかるのかしら、なんて思いつつ、クッションのふわふわな毛並みを見ていると、『もふもふ愛好会』にも属する真桜としては無性に触りたい衝動に駆られた。手を伸ばしかけるも、先ほどの水仙の一件もあり、やはりやめておこうとすっこめる。

それよりもまずは謎《なぞ》の女子会だ。真桜はここからは抜き足差し足で部屋の前まで行くと、そろりと障子を開け、内側の様子を探ろうとしたのだが、

「……っ!!」

突然、障子ががらりと開いた。部屋の中から藪《やぶ》から棒に突きだされた幾本もの白い腕が、真桜を捕らえようといっせいに伸びてくる。

真桜はあっけなく部屋に引きずりこまれ、床に四つんばいに倒れ込んだ。とたんに湧《わ》く女たちの黄色い声と、部屋に充満する酒と香の匂《にお》いに、思わず顔をしかめてしまった。

「……ほうら、やっぱりいたろう」

女たちの声に混じり、ほろ酔いかげんの男の声がした。真桜が顔を上げると、瓶子《へいし》と杯ばかりが目につく部屋の奥に――二十代なかばとおぼしき若い男性がひとりいた。左右にはとりわけ見目のよい女ふたりをはべらせ、ここの主《あるじ》のごとく胡坐《あぐら》をかいている。

長い赤毛が豊かにうねる、情熱的なまなざしの青年だった。真桜の目を引いたのは、彼の美《び》貌《ぼう》を斜めによぎる左目の黒い眼帯だ。している人を実際に見るのは初めてだった。上下黒の装束は、修験者のそれと似ていたが、ふっくらとした裾《すそ》には炎をかたどった赤い文様がど派手に描かれていて、腰には黒羽で作った飾りを巻いている。行者というよりは、ハイクオリティな和風コスプレといった風体で、パークのキャストの人かしらと真桜は思う。

(……あれ？　あの襟巻きって)

真桜は青年の首もとにある白い襟巻きに目をとめる。あの心地よさそうな毛皮は先ほどのドーナツクッションと同素材ではないのかと。

青年にばかり気をとられていたが、女たちを見て、真桜はぎょっとなった。総勢二十人はいるであろう彼女たちは、皆いちように長い髪をひとつに束ね、白粉《おしろい》を顔から首まで塗りたくっている。それはまだいい。下は緋袴《ひのはかま》で、なんと上は素肌に薄絹の衣をはおっているだけなのだ。当然乳房がうっすらと透けて見え、同性ながらも真桜は目のやりばに困ってしまう。

（……ま、まさか、ここは大人向きのエリア？）

赤毛の青年は手にしていた杯を隣の女に預け、おもむろに腰を上げた。もうかなり深酒をしているようだが、たたずまいはしっかりしている。四つんばいであっけにとられている真桜に、ゆっくりと近づき、正面にひざまずいて、じっと見つめてきた。真桜が目をそらすと、彼女の視線を追うように首を傾ける。

「へえ、なるほど。ひょっとして君があいつの愛《いと》しい人ってわけかい？」

「あいつ…？」

真桜がそらしていた目を青年に向けると、彼の笑顔がいたずらめいたものに変わる。

「でも、寵姫《ちょうき》になるなら、もちっと色っぽくならないとな」

「え？　ちょうきって？　きゃあ！」

真桜は悲鳴をあげた。青年が立ち上がり、一歩退くのを合図に、女たちがわっと自分に襲いかかってきたのである。あまたの白い手にもみくちゃにされ、真桜が這って逃げようとすると、女たちは足首をつかんで引き戻し、あお向けに手足を押さえつけた。ひとりの女が青磁色の鉢と化粧刷毛《けしょうばけ》を手に真桜にまたがり、舐《な》めるような目つきで見下ろす。

「ふふふ……やわらかで、おいしそうな肌ではありませぬか。あのお方に存分に味わっていただくためにも、美しく化粧《けわい》してさしあげねば」

女が刷毛で鉢をかき回すと、毛先にたっぷりと白粉がつき、それを真桜の鼻のほうへ近づけていく。周囲から真桜をのぞき込む喜々とした白い顔、顔、顔――不気味すぎて、ここがテーマパークなら、子どもは連れてこられないレベルだ。

「ま、ま、待って！　あ、あたしはここのキャストじゃない……！」

身をよじって必死に抵抗する真桜の耳に、ばたばたせわしい足音が縁廊から近づいてくるのが聞こえる。

「やめぬかっ！」

険しい声が場のただれた空気を一変させた。女たちは静まり返り、真桜からただちに離れると、声の主にひたとひれ伏す。

部屋に入ってきたのは、ふたりの青年だった。真桜がよろよろと起き上がると、そのうちのひとりがすかさず寄ってきて、かたわらにかしこまった。

「たいへんご無礼をつかまつりました。珠黄《たまき》と申します。以後、お見知りおきを」

珠黄と名のった彼は柔らかい声音でそう言った。平安時代の貴族が着るような狩衣《かりぎぬ》という着物を身につけている。女郎花《おみなえし》色の生地に描かれた模様は、一見巴紋《はもん》のようだが、よく見ると狐《きつね》が三つ組み合わさって円《まる》くなったものだ。

二十歳前後だろう。中性的な面立ちをしていて、この場の白粉で塗り固めたどの女よりも、彼のほうがはるかになまめかしかった。ややまなじりのつった涼しげな目には、重たげなほどに長いまつげが伸び、白い肌にくっきりと陰影を落としている。彼の細くて柔らかそうな白い髪を見ると、真桜はなぜだか簀子縁にあったクッションを連想してしまった。

「救出が遅れてしまい申しわけございません。主上《おかみ》のほうで少々ございまして……ああ、これが例の指輪でございますね」

（……指輪？）

珠黄が両手で真桜の左手をうやうやしく掲げると、いつの間にか薬指に銀の指輪がはまっていた。それは幼い頃、廃墟《はいきょ》となった図書館で謎の少年から預かったもの。たしか学習机の引き出しの奥にしまい込み、もはやその存在さえ忘れていたのに……。

（……ん？　この指輪の玉、こんなに濁ってたっけ？）

指輪の青い石は以前よりも透明度を失っている気がする。だが、そんなことよりも、存在さえ忘れていた指輪が、今になって自分の指にはまっている経緯もわからないし、珠黄という青年が初見のはずの指輪を「例の指輪」と言ってくる理由もわからない。

（……あっ、さてはテーマパークのイベントの演習？）

だとしたら、部外者の真桜がこのエリアにまぎれ込むという不測の事態にもかかわらず、彼らはプロ根性を発揮し、アドリブで乗り切ろうとしているのかもしれない。某夢の国も真《ま》っ青《さお》の対応力だと、真桜はちょっぴり感心してしまう。

「さ、主上がいらしたからには、もう安心でございますよ」

「おかみ？　え？　あ…」

あの人かな、と真桜はもうひとりの青年を見やった。長い黒髪の横部分だけを後ろの高い位置で束ねた彼は、青地に豪奢《ごうしゃ》な多色の刺繍《ししゅう》をほどこした上衣《うわぎ》を打ち掛けのようにまとい、それだけで他者とは別格であるとわかる。おそらくキャストのリーダーかなにかだろう。気品をそなえた美貌に剣呑《けんのん》さをはらませ、女たちを睨《にら》みすえている。

気のせいか、彼の瞳《ひとみ》が光のかげんで紫紺《しこん》がかって見えたとき、真桜は記憶の欠片が掘りおこされるような胸の疼《うず》きを感じた。

だが、それも一瞬のことだった。主上がふいに腰の太刀《たち》を抜き、真桜の周囲でひれ伏していた女たちの背中をばっさばっさと続けざまに斬《き》り捨てていったものだから、胸の疼きなどたちまち吹き飛んでしまった。

（なっ、アドリブでそこまでする!?）

驚愕《きょうがく》はこれだけに終わらない。太刀を受け、ぎゃっと金切り声をあげた女たちの背中から流血はなく、代わりに吹きだしたのは霧状の黒いもや。彼女たちの身体《からだ》はたちまち縮み、女郎蜘《じょろうぐ》蛛《も》に変じて、真桜のまわりで途方に暮れたように這い回った。

（……イリュージョンだよね……これって）

リアルすぎて言葉を失う真桜に、珠黄がそっと囁《ささや》いた。

「なに、ご心配は無用です。あの者たちは女性《にょしょう》の姿で太刀をうけても、斬られるのは化生《けしょう》を形づくる妖気《ようき》のみ。数日もすればまた女性の姿に戻ることができるでしょう」

残る女たちは「紅羽《くれは》さま…っ」と叫びながら、赤毛の青年の背後に逃げ込んだ。彼は紅羽というらしく、主上に太刀を突きつけられても、薄笑いを浮かべ、動じるようすはない。

「おいおい、首は勘弁。酒を呑《の》んだら、漏れちまう。俺《おれ》の楽しみを奪うってか」

「酒に呑まれるくらいなら、臓腑《ぞうふ》に届かぬほうがよかろう」

主上が言い返すと、紅羽は足もとの瓶子《へいし》を拾い、ぐいっと直呑みをしてみせた。まだまだ酔っていないと言いたいのだろう。

「歓迎のつもりだったんだよ、歓迎。悪気は微塵《みじん》もねえ。彼女が可愛《かわい》すぎて、ちょいと浮かれすぎただけだ。女官どもに罪はない」

「それは、おまえが右ノ大臣《うのおとど》としてすべての責をとるという意味か」

「ま、ご自由に。ただ今夜は俺にかまっている暇なんてないはずだろう」

「当然だ……」

紅羽の最後の台詞《せりふ》が効いたのか、主上は煙たそうな面もちをしながらも、太刀を鞘《さや》に収める。制裁を免れた女官たちは安堵の息をつき、ひれ伏して床に額をこすりつけたが、主上は彼女たちにはいっさい目をくれず、くるりときびすを返すと、珠黄のほうをちらりと見やった。

「〈真桜〉を案内せよ」

（え？　真桜って、どうしてあたしの名まえ？）

「まいりましょう。真桜姫」

珠黄は真桜の背にそっと手を添え、ともに来るようにうながす。名まえを知っているだけでなく、「姫」とまで呼んでくる。テーマパークに迷い込んでから、真桜は驚愕の連続だったが、この部屋でさらなる驚きに遭遇してしまった。

穏やかだった珠黄がなにかに気づいたのか、「んん!?」と急に顔を険しくさせたのだ。ずかずかと紅羽に歩みよると、彼の白い襟巻きに手を伸ばし、

「また勝手にっ。返してもらいますよ、この子」

彼がやんわり引っぱると、ケンッという鳴き声がして襟巻きがはずれ、なんと両端から子狐の顔としっぽが現れた。つぶらな瞳のそれを見て、真桜はあんぐりとなる。

（あ、あの襟巻き、生狐《なまぎつね》だったの……!?）

紅羽はしらじらしく首をすくめて、ぶるっと震えてみせる。

「おお、寒っ。けちんなよ。左ノ大臣《さのおとど》さん、あと七個もあるくせに」

「七個ではありません。七匹です、七匹。まったくもうっ。油断も隙もない」

（七匹。まさか残りのは……）

真桜の予想は的中した。白い子狐を抱きながら部屋の外に出た珠黄は、簀子縁に放置されて

いた七つのドーナツクッションに向かって声をかけた。

「おまえたち、ここで寝ていては襟巻きにされますよ」

——ケンッ。

いっせいに鳴き声がするや、円い形がほどけ、愛らしい子狐の顔としっぽが現れる。さっきの子狐も合流すると、八匹は全員トコトコと他所《よそ》へ移動していく。

(……か、可愛い)

あれがパークのマスコットになったら絶対全色買おう。真桜はそう決めた。

❖

パークはずいぶんと広かった。これまで真桜が目にした場所などはほんの一部だったらしい。ありあまる敷地の中には、殿舎が複雑な配置でいくつも並んでおり、それらは渡り廊下で行き来できるようになっている。

すでに外は暗く、庭の各所に篝火《かがりび》が焚《た》かれていた。真桜は手燭《てしょく》を持つ珠黄に案内され、渡り廊と簀子縁をもう何度も通った。どこまで連れていくのか。オープン前に無断で入ったのだから、事務室でこっぴどく叱《しか》られるんじゃないかと、びくつきながらついていく。

主上とやらは真桜と珠黄の少し先を歩いていた。たまに庭先で頭に烏帽子《えぼし》、黒っぽい胴丸を着て、古めかしい弓矢をたずさえた衛兵役らしきキャストの一団に出会うのだが、彼らは主上に向かって必ずひざまずき、通りすぎるまで神妙にかしこまる。主上はかなりのポジションの人らしい。キャストのリーダーどころか運営会社の若社長じゃないかと思えてきた。自らコスプレして新パークの営業をするほど、熱心な人なのかもしれない。

それにしても、この主上、先ほどからたびたび謎の行動をとった。渡り廊下や簀子縁の途中で、つと立ち止まっては、真桜たちのほうへふり返ろうとするのだが、

「焦りますな、主上。このような場ではしたのうございます」

「されど、珠黄、私は十年待ったのだぞ」

「そこまで待てたのなら、あと少しのご辛抱もできるはず」

そうたしなめられると、口惜しそうに諦《あきら》め、また渋々歩きだす。これのくり返しだ。

そしてようやくたどり着いたのは、やはり簀子縁のある同じような外観の殿舎だった。すでに雨戸が閉められているので、内側の様子はわからない。珠黄が入り口の扉を開けると、主上、真桜の順で部屋に入り、最後に珠黄が入って、内側からそっと扉を閉めた。

中はおぼろに明るい。部屋の四隅でともる灯台は、時代劇に出てくるような細長い支柱の上に火皿ののったものだ。

(ここ、どう見ても、事務室じゃないよね……)

机も電話もパソコンもコピー機もなにもなく、だだっ広い板敷きの間で、片隅に古めかしい

蒔絵《まきえ》の小さな棚や屏風《びょうぶ》が置かれているだけである。

「あの……」

真桜はいまだ背を向けたままの主上に、おずおずと話を切りだそうとする。パークには故意に侵入したのではない。情報はだれにも口外しないから——そう言うつもりだったが、主上が先にしゃべりだしてしまった。

「珠黄よ、もうよいか。私は限界なのだ」

「もはや、ここまで来ては、止めはしません。十年の年月を存分にお埋めください」

（……十年？）

真桜がきょとんとしていると、珠黄は「ではごゆっくり」という言葉を最後に部屋を出ていった。ぎい…ぱたん、となんとも古めかしい音で扉が外から閉められると、そこは真桜と主上のふたりきりとなり——。

「真桜……っ」

急《せ》いたようにふり返った主上が、回避不能のすばやさで距離を縮めてきて、気づけば真桜は、彼の腕に腰をからめとられ、ぴったりと身を寄せ合う体勢になっていた。

（な、な、な、なにこれ……!?）

どういうつもりですか、と顔を上げた真桜は息が止まりかける。主上の麗しい顔が真桜の視界を占領したかと思うと、さらにはぼやけてしまった。あまりにも接近しすぎて、真桜の目の焦点調節可能範囲を超えていたのだ。

「な、なんでこんなに近いんですかっ」

「離れては、そなたと睦《むつ》み合えまい」

睦むとは、ずいぶんと古くさい言葉遣いの社長だ。実は案外年がいっているのかもと思い、

「お、老い先短いので、時間がないのはわかりますが、いきなりこの近さは色々とすっ飛ばしてる気がします」

「私は二十歳だ」

「だ、だったら、なおさらですっ。爽《さわ》やかなイケメンが、こんなことでイメージを台無しにしてはいけませんっ」

「いけめん？　私は〈いけめん〉などではないぞ」

「そ、その顔でのご謙遜《けんそん》は嫌味ですって。かえって敵を作るだけかと……」

「かまわぬ。おまえに愛されるなら、百人、いや、千人の敵だって斬り捨ててみせよう」

「き、斬っちゃ駄目ですっ。だいたい、あたしに愛されてどうするんですか。社長は社員さんに愛されるものです」

「〈しゃちょう〉とはなんだ。どうも先ほどからおまえの言っていることが皆目わからぬ」

（……へ？　社長じゃないの？）

「ああ、真桜、小憎らしいことだ。私への愛の証《あかし》を身につけておきながら、いちいちはぐらか

して、私を焦慮《しょうりょ》の深霧《しんむ》に迷わせようとする。この邪悪な娘め」
会話が噛《か》み合わない上に、いちいち大げさな人だ。だいたい愛の証ってなんだろう思ってい
ると、主上は真桜の右手をそっととり、ふたりの視線の間に掲げてきた。
「この指輪を前にしても、まだとぼけられるか」
(こ、これが証っ!?)
「十年前の約束、それを果たすために指輪を身につけているのだろうに。私もこれを片時も手
放したことはないぞ」
と、彼が懐から取りだしたのは、猫柄のハンカチだった。隅っこには『真桜』と名まえの
入ったタグが縫いつけられていて――。
(ん？ もしや)
真桜は主上とハンカチとを交互に見つめる。そして彼の潤んだ瞳に紫紺色が見えたとき、真
桜の色あせた記憶にひとつの色が再現された。――そうだ。十年前、萌ちゃんの頼みでブロー
チを探し、忍び込んだ図書館で出会った少年。たしか彼の瞳にもこんな色が。
(ううん、そんなはずない。だってあれは……)
夢のはず。実はあの出来事の直後、真桜は緊張から解放された反動で気絶してしまった。当
然、萌ちゃんにブローチは戻らぬまま母親が帰宅してしまい、事情を知った母親が慌てて真桜
の家族に連絡し、駆けつけてきた大人たちによって真桜は保護された。

真桜はあそこでなにがあったかはだれにも話していない。鬼だの少年が消えただの、あまりにも非現実的で、すべて夢だったのだと解釈したからだった。指輪も、自分が倒れた付近に、たまたま昔の来館者の落とし物があったと考えれば辻褄《つじつま》が合う。

夢だと思い、真桜の胸の中だけにしまっておいた出来事を、この人は知っている。知っているとしたら、たったひとり、あのときの少年なのだけれど。

「……私の名を呼んでくれ、夜白《やしろ》と」

「え？」

「早う呼んでくれ。真桜よ、その罪科《ざいか》多き唇で我が名を。おまえの紡ぐ声は私への詛《のろ》い。呼ばれれば、我が心は操られ、どす黒い欲望で満たされる。きっと私はどうしようもなく唇で、おまえの息の根を止めたくなるだろう」

（い、息の根ぇ!?）

夜白のまなざしは熱っぽく、されど吐きだす言葉は物騒で——これぞまさしく猟奇殺人犯の特徴そのものに思え、夢の少年との再会に感動するどころか、恐怖しか生まれない。

（わぁぁっ、こ、殺されるっ！）

真桜は夜白をどんっと突きとばし、すばやく後退して彼との距離をめいっぱいとった。そして背中に壁が当たったとき、ふいに近くで夜白でない男性の声が聞こえてくる

——むっ。おぬしの退《すさ》り。重心が低くて、いい足運びじゃ。武芸の心得があるな。

「は？　あの…まあ、女子相撲部に少々足をつっこんで……って、えぇぇっ!?」

つられて答えたが、真桜は声の主を見て仰天する。傍らでともる灯台の明かり。火だと思っていたのだが、火皿に載っているのは、炎に包まれた小さな髑髏《どくろ》だった。

……ふはは。驚くな。実はわしも武芸の心得があってな。生前は武士《もののふ》だったが、部下の裏切りで無念の死を遂げて以来、成仏できん、今はしがない鬼火《おにび》よ。

「しがなかろうが、なんだろうが、この際、かまわないわっ。そ、それよりもこっちは命の危機にさらされてるのよ。スタッフさん呼んできてっ」

——〈すたっふ〉とはなんじゃい。

「だからスタッフよ、従業員。というか、あなたもそうでしょう」

——わしは〈すたっふ〉でも〈じゅうぎょういん〉でもない。鬼火じゃと。

「こんなときまで、中の人はいないって言いはるつもりっ？　あなたが隠しカメラでこちらの様子見ながら、別部屋からマイク通して喋《しゃべ》ってるのぐらい知ってるんだから……っ」

真桜は鬼火の載っかる灯台を上下左右と凝視して、マイクがないか探したが、

——おぬし、面妖《めんよう》な言葉ばかり使うのう。しかし、わしは別部屋になどおらんぞ。こうしてここで喋っておるわ。

マイクはとうとう見つからず、真桜はふと自分がとんでもない勘違いをしていたのではと思いはじめた。

（……まさか、テーマパークじゃないわけ？）

オープン前で情報がシークレットにされているテーマパーク――勝手にそう解釈していたのだが、誰も彼も、あまりにも自分と話が噛み合わない。

「ここ…どこなのっ？」

――今さらなにを。ここは八雲《やくも》じゃよ。

鬼火が髑髏の顎《あご》をかたかたと鳴らしながら答える。

「ヤクモってなんなのっ？　あたし、どうしてヤクモにいるわけっ？」

――そりゃ、決まっておる。おぬしは主上に愛されるため……んぎゃぁっ!!

「鬼火さん！」

断末魔のような悲鳴とともに明かりがひとつ消えた。伸びてきた夜白の手が、鬼火の炎を握りつぶしてしまったのだ。

「……無粋な鬼火め。我らが睦みを盗み見しようと明かりに化けたか。ならば貴様は漆黒の闇と睦み合うがよい」

忌々しげにつぶやいた夜白が、灰色の小さな髑髏を部屋の片隅の暗がりにぽいと放り投げるさまがあまりにも非情だったので、真桜は血の気が失《う》せ、足が震えだした。

「真桜……」

「……っ！」

夜白が幽鬼のように真桜へと手を伸ばしてくる。次は自分が握りつぶされるのではと、真桜は凍り付いたが、彼は鬼火のときとはまるで正反対の優しい仕草で彼女の手をとった。

「……冷たい。雪女郎《ゆきじょろう》の息を浴びたように冷えているではないか」

と、その手をそっと己の口もとへ持っていき、血色の唇に蠱惑的《こわくてき》な笑みを作って、彼女の指先を含もうとしたものだから、真桜はひっと息をつめた。

（ま、まさか、指を食いちぎるつもり⁉）

とっさに夜白の手を払い、真桜はもつれた足どりで逃げだした。

「真桜！　どこに参る……！」

背中で聞こえる夜白の声は猟奇犯にしては切なげで、しかしながら、真桜は聞こえぬふりをし、体当たりで部屋の木戸を開けると、外の簀子縁へと飛びだして一目散に駆ける。

（だ、だれかっ！　助けてぇっ！）

闇雲《やみくも》に走り、渡り廊下でつながった殿舎を三つ四つほど走り抜けたころ——真桜の耳にべんべんと古風な弦楽の音が聞こえてきた。

——疲れたわぁ。しんどいわぁ。もうやめたいわぁ。

——あきまへんで。今夜は主上の大事な日なんどす。

——夜通し盛り上げんと、うちらがえらい目に。

少々オネェ臭いが人の声もする。三人はすぐそこの角を曲がった簀子縁にいるらしく、真桜は「助けて！」と彼らの前に出ていったのだが、その正体を見て、腰を抜かしかけた。

「！」

簀子縁に並ぶ三つの弦楽器――琵琶、琴、和琴――しかし演奏者の姿はなく、奏でているのは、それぞれの楽器からにょっきりと生えた青白い二本の腕だった。

（な、なに、この究極の自動演奏！）

真桜も驚いたが、楽器たちも驚き、三つ同時にぴょこんと蛙《かえる》のように飛び跳ねる。

――うちらの話、聞いてましたんか？

――後生やから、主上には黙っといておくれやす！

――でないと、壊されてしまうさかいに！

すがってきた楽器の青白い手足が生々しくて、とてもパークの作り物には見えない。

目の前にお化け、戻れば猟奇殺人犯では、もはや逃げ道は庭に行くしかなく、真桜は階を駆け下りて、庭の暗がりへと走り出したのだった。

（いやぁぁぁっ！　お化けぇぇぇ！）

❖

真桜は庭をめちゃくちゃに駆けぬけ、人気のない殿舎を見つけると、縁の下に隠れた。誰かに連絡をとるべく震える手で制服のポケットから携帯を取りだしたが圏外だ。縁の下のあちこちに移動してみても圏外のままで——ああっと絶望的なため息をつく。

（……いったい、あたしはどこに来ちゃったの？）

交通事故に遭い、加害者が隠蔽《いんぺい》のため、自分をこの場所に捨てていった——という最初の推理は間違いだったらしい。この場所には真桜のことを知る者がいる。どういう手段を使ったのかはわからないが、真桜と承知の上でここに連れてこられたようだ。

……ここは八雲じゃよ。

たしか鬼火はそう言っていた。日本のどこかにありそうな地名だが、幼い頃まで記憶をさかのぼってみても、そんな土地にかかわった覚えはない。

——おい、そっちはどうだ。

真桜を捜しているのか、黒い脛当《すねあ》てをつけた衛兵たちの脚だけが縁の下から見える。真桜は四つんばいでそっと移動し、彼らがいる場所とは反対側の庭に出た。そこは表側の手入れされた日本庭園とは打って変わって、雑草が生い茂る荒れ果てた場所だった。すぐ先には暗緑色の竹藪《たけやぶ》が漆黒よりもなお黒い闇を抱えて待ちかまえている。

亡霊のように恨めしげに首を垂れた枯れ草が、生ぬるい風に吹かれてざわりと不気味な音をたてると、真桜はぞっと足がすくんだが、手入れがされていないということは、ここは敷地の端で、外に近いのかもしれないと、そのまま竹藪の方へ進むことにする。

どこからか狼《おおかみ》の遠吠《とおぼ》えのようなものが聞こえてきた。恐怖を煽《あお》られた真桜は、自然と足が速くなる。さらにはカラスの群れが背後から飛来し、彼女を藪の奥へ奥へと追い立てた。

やがて真桜は竹藪のそこだけがぽかりと空いた狭い敷地へと出た。六角形の古びたお堂が立っている。闇に映える朱色の壁が薄気味悪く、横をそそくさと通りすぎようとしたが、半分ほど開いた観音扉から明かりが漏れていて、中からちらりと見えた横顔に覚えがあったので、足をつと止めた。

(あの人は……っ)

煤《すす》けた堂内にいたのは紅羽だった。しかも天井の梁《はり》からぶら下がる太い縄に両手首を縛られた体勢で、首は力なくうなだれ、はだけた上半身は笞《むち》でも打たれたのか傷だらけだ。

(なんなの。これじゃあ、まるで時代劇の仕置《しおき》じゃない)

実際、女官たちとつるんで真桜をからかったことへの制裁なのかもしれない。しかし吊《つる》し責めとは、あまりにも時代錯誤でむごい。さすがに気の毒で、せめて縄をほどいてあげようとお堂の中に足を踏み入れた真桜だが、入り口で「え?」と立ちすくんでしまった。

扉の陰に隠れて見えなかったものが、今の位置からなら見える。紅羽の背中には黒々と艶《つや》めいた翼が生えていたのだ。まるで悪魔か、それとも巨大なカラスのそれのような。

気配に気づいた紅羽が、気だるそうに首をねじ向け、伏せていた目をわずかに開いた。

「……どうした。今頃《いまごろ》はあいつと閨《ねや》の中じゃ」

しかし、すぐに事情を察したのだろう。呆《あき》れたようにぼやいた。

「そうか。逃げてきたか。だから珠黄め、仕置を中断して出ていったんだな。つか、予想的中だな……て、ちょ、あんた、どこを触って……痛《いて》っ、痛てっ、痛てえだろっ」

紅羽が痛みにあえぎだした。すたすたと近づいた真桜が翼を引っぱったからだった。

「つ、継ぎ目がないわっ」

本物とわかり、人外の存在を前にあらためておののいたように一歩後じさる真桜を、紅羽は涙目で睨《にら》む。

「……俺の翼にいきなり手を出すとはいい根性だ。さすがは主上の選んだ女ってとこか」

「おかみの…選んだ？」

「まさか、なんにも知らずに？　なるほど。ということは、明日《あす》から主上の四苦八苦した顔を見れるってか。ふふっ、俺も退屈せずにすみそうだ」

紅羽が意味ありげに含み笑いをしてから、真桜に告げた真実――。

「教えてやる。あんたは主上の寵姫として呼ばれたんだよ」

「ちょうき？」

「あー、寵姫ってわからない？　だったら、愛妾《あいしょう》？　室？　嫁？　奥方？　妻――つまりはそういう類《たぐい》のものにされるために呼ばれたわけ」

「はあっ？　つ、つ、妻ぁ!?」

ここに来て、衝撃的なことばかりだったが、この台詞が真桜には一番衝撃的だった。

「じょ、じょ、じょ、冗談っ」

「それが冗談じゃないんだな。あいつはあんたに十年も恋い焦がれてたんだから」

十年――少年と出会ったのが十年前。やはり夜白はあのときの彼なのだろうと真桜は確信を強めたが、どこで道を踏み外したか、今や恐怖の猟奇犯である。そんな変人に恋しがられても、悪寒しか湧いてこない。

「お断り！　あたし、あの人に殺されかけたのよっ。昼で息の根を止めてやるって。あれが好きな人にすることなわけないでしょうっ」

それを聞いた紅羽はちっと舌打ちし、

「あの馬鹿《ばか》男。口づけたいなら、もっと言いかたが……あっ、おい、どこ行くんだよ」

真桜がお堂を出ていこうとしていたのだ。

「逃げようたって無駄だぞ。十年耐えて、ようやく八雲を立て直して、念願のあんたを呼び寄せたんだ。あいつはあんたを絶対に手放すものか」

「あの人にその気がなくても、あたしは帰るわ」

「おまえを帰す術を持っているのは主上だけなんだって」

(どんだけ面倒くさいところにあるのよ、この八雲って)

まさか地図にも載っていない離島で、異形の者たちが人目を避けて暮らしている――そんなホラーみたいな場所なのだろうか。でもって、夜白しか船舶免許を持っていないとか。だが物資の搬入ぐらいはあるだろうし、その船に潜り込めばなんとかなるかもしれない。

「待てよ。せっかく入ってきたんなら、とりあえず俺をほどいていけ」

「じ、自業自得でしょうが」

真桜とて最初はほどいてやるつもりだったが、彼の怪しい翼を見て気が変わった。思ったより体力も残っていそうだし、自由にしたら、なにをしだすかわからない。

「クソ狐の笞打ちは反吐《へど》が出るんだよ。奴《やつ》は三度の飯より仕置が大好きだからな」

（クソ狐？）

なんのことだろうと思ったが、いちいち質問していては、そのうち衛士たちに居場所を嗅《か》ぎつけられてしまう。細かいことは気にせず、さっさと逃げようと外に足を向けたが、お堂の扉付近で珠黄とばったり鉢合わせしてしまった。

「ああ、真桜姫、こんなところにいらっしゃったのですか」

（うわぁっっ、み、見つかったぁ……）

珠黄の人のよさそうな笑顔が今は無性に怖くて、真桜はさっとうつむいた。そして紅羽が言っていた〈クソ狐〉がなにかを知ることになる。珠黄の下半身――ちょうどお尻のあたりから、犬のものにしては太い、ふっさりと毛並み豊かな白銀の尾が生えていたのである。

（き、狐のしっぽ!?）

あれも紅羽の翼と同様、本物だろうか。だとすれば、珠黄も人外ということになるのだが、彼の尾を前にすると、人外への恐怖よりも、むしろあの心地よさそうな毛並みに顔をうずめたい欲望のほうが勝ってくる。しかし、そんなもふもふ欲も、珠黄が次にとった行動であっという間に砕け散ってしまった。

彼は真桜を捕らえるよりも、まずはお堂の中の紅羽に近づくと、笑顔のまま手にしていた竹の笞で、彼の裸の胸もとを容赦なく打ったのである。

……ビシッ！

ぐうっと苦しげにうめく紅羽を見ても、珠黄の笑顔は崩れない。

「さては紅羽、あなたですね。姫にあらぬことを吹き込み、逃げるようそそのかしたのは」

「知るかよ。そんなことして、俺にはなんの得もないだろうが」

「いいえ。あなたは騒ぎが起きたり、だれかが困ったりしているのを傍目から見ているのが大好きですから、充分な動機はございます」

「そういうおまえは騒ぎにかこつけて、首謀者を拷問するのが大好きなんだよな」

「ええ。大好物ですよ。とくにあなたのような頑強そうな男を苦痛で泣きわめかせるのがね」

ふたたび珠黄の笞がお見舞いされたが、彼の悦楽の糧になるのが腹立たしいのか、紅羽は今度はうめかず、逆ににまりと笑う。珠黄もまた虫も殺さぬような笑顔で笞をふるいつづけ、そんなふたりの内に滾《たぎ》る残虐性を垣間見た真桜は、ひえっと足が後じさった。

　このふたりを束ねているのだから、夜白はやはり残虐な男にちがいない。一刻も早くここを出ようと決意を固める。珠黄と紅羽がＳＭ対決に興じている（？）隙に、そろりとお堂を抜けだして走り去ろうとしたが、

「……真桜！」

　狂気をはらんだ切ない夜白の呼び声を竹藪の闇の中から聞き、身体が縮みあがった。

（き、来たぁぁ！）

　よほど真桜を必死に捜していたのだろう。藪から現れた彼は裸足だったのだが、熱烈な愛の証というよりは、彼の倒錯性が強調されるばかりで、真桜はなおのこと拒絶感が増し、身体は逃げの態勢に入っていた。

（いやぁ……！）

「なぜ逃げる。絡新婦《じょろうぐも》の糸で絡めとりたいほど、おまえが愛しいのに……っ」

（だから、それが怖いのよっ！）

　しかし、真桜が駆けだしたときには、もう夜白は隔たりをつめてきて、彼は真桜を抱きすくめようと手を伸ばす。だが――。

　その手は虚空をかすった。突如、お堂の暗がりから躍りでた人物が、真桜を奪うように抱きしめると、大きく後方に跳躍して、夜白と引き離していたのだ。

「おまえは……っ!?」

夜白が剣呑《けんのん》に目をすがめる。その人物は衛士の格好をしていたが、顔は黒布で目もと以外を覆って隠している。

「姫、しばし手荒な扱いをいたしますことご容赦ください」

「手荒って……きゃぁぁっ！」

耳もとで男の声がして、真桜は急に横抱きにされる。そしてまさに言葉どおり、彼は荒っぽい加速で駆け出したのだ。

「――真桜‼」

男は真桜を抱いたまま竹藪の闇に身を投じ、夜白の前からたちまちのうちに消え去る。

騒動に気づき、お堂から急ぎ出てきた珠黄が、夜白の足もとにひざまずくと、罰を請うように自らの手にあった笏を差しだした。

「……わたくしがいながら、面目次第もございません」

「そなたへの処断は後だっ。それよりもまずは真桜を取り返さねばならぬっ」

珠黄は「はいっ」と懐からただちに横笛を出し、うねりのある音階を吹き鳴らした。ほどなくして、あちらこちらから八匹の子狐たちが姿を見せる。

「おまえたち、姫を捜しますよ。犯人の手足を食いちぎってでも取り返すのです」

――ケンッ。

「……おい、俺も連れてけ」

お堂にいる紅羽が縛られた手首を揺らしながら珠黄に呼びかける。

「あなたは仕置が」

「おまえが後回しなんだから、俺もだろうが」

すると珠黄が伺いをたてるまでもなく、夜白が「いいだろう」と了承した。

「よっしゃ。そうこなくっちゃな」

「今宵は私も行く。真桜を血色に染めるわけにはいかぬゆえな」

夜白はふたつの月が昇る夜天を不安げに見上げ、そうつぶやいたのだった。

❖

真桜は走りの揺れに耐え、男の首にぎゅっとしがみつく。やがて彼が速度を落とし、立ち止まったので、そろりと腕をゆるめた。

ふと目に入った夜空は叢雲《むらくも》に覆われ、その切れ間から覗くのは、青白い満月と、それより小さめの赤みがかった三日月だ。

「……ここって建物の中なの？」

「いいえ」

「だって月がふたつも。変よ。天幕に夜空の映像を映してるだけなんでしょう？」

「……まだ、なにも教えられていらっしゃらないのですね」

穏やかさの中に憐《あわ》れみを含んだ男の口調が、真桜をこれ以上とない不安に駆り立てる。

視線を周囲に移すと、先ほどまでいた場所とは風景ががらりと変わっていた。彼方《かなた》まで続くまっすぐな大路。両端には白い築地塀が延々ともうけられ、時折見える炎のような揺らめきは、門の前で焚かれた篝火だろうか――なんだかどこもかしこも時代がかっている。

「ここは？」

「城下です。姫は今しがたまで帝がお住まいになる、宮城にいらっしゃったのですよ。私の背後がそうですが、もうかなり離れてしまいましたので、この暗さでは見えないかと」

真桜は男の背後をのぞいた。彼の言うとおり、暗くて宮城の全貌《ぜんぼう》は確認できない。ただ、その付近の上空をあまたの鬼火がふわふわと不規則な動きで動くのが見える。――鬼火に、手足の生えた楽器に、喋る水仙、黒い翼や狐の尾を持った男に、猟奇犯――思い返してみると、自分はとんでもないところにいたのだと、真桜は鳥肌が立ってきた。

「参りましょう。追っ手がくるとまずい」

「え？　あ、あの」

あの場から救ってくれたとはいえ、この男もまた何者かわからない。ひょっとしたら夜白と同類かもしれないし――彼から逃れようかどうしようかと迷っていると、目の前の四つ辻《つじ》を曲がって、十人足らずの衛兵の集団がわらわらと姿を見せる。

（も、もう追っ手に追いつかれたのっ？）

だが、男は逃げることもなく、真桜を抱いたまま、衛兵たちへと近づいてゆく。

「おお、無事。よかった、よかったな」

衛兵のひとりが安堵の笑みを浮かべた。烏帽子をかぶった頭は総白髪で、衛兵にしては、ずいぶんと年老いている。しかし、それよりもこの老人のひどいなまり口調、というかぎこちない日本語が気になった。

「ここいては、見つかる。こっち来い」

「早う、早う、時間ない」

衛兵たちは揃《そろ》いも揃って片言で、しかも運動神経が鈍そうな中高年ばかり。夜白たちとは違った意味で怪しい一団だ。彼らに誘われるまま、男はどこかへ行こうとするのだが、真桜は逃げることもできず、おろおろするしかない。

（あ、あたし、なにされるのよ……!?）

❖

連れてこられたのは城下のはずれだった。あたりは板塀や籬《まがき》で囲まれた庶民的風情のただよう木造家屋が大半だ。真桜が連れてこられたのも、そういったたたずまいの屋敷で、貧しいとまではいかないが、裕福とも言いがたい。

十人が入ると、かなり手狭な感じのする板の間。息を潜めるように灯《とも》されたか弱い手燭の明かりの中で、真桜はとんでもない事実を知らされる。

「あ、あたしが、異世界に召喚っ⁉」

「そ。主上に見そめられて、この八雲に」

衝撃的だった。ここが異世界ということも。召喚された理由も。しかし、まるで身に覚えのない真桜に、白髪の老衛兵はつたない口調ながらも、十年前のことにさかのぼって、あれこれと教えてくれた。

「十年前まで八雲は……いや、ヤクモは大国だった」

当時この国は〈ヤクモ〉と呼ばれ、周辺国を圧倒する強大な国力を誇っていたという。

「それもこれも〈イツキさま〉のおかげ」

「イツキさま？」

千年ほど前、建国の際に天から降臨したヤクモの守護神のような存在らしい。かつては城内に王族の手によって祀《まつ》られ、その実体は美しい女人だとも、竜のような神獣だとも伝わっている。姿を拝することが許されるのは王族のみで、さらには王だけがイツキさまの神力をわけてもらうことができるとか。

イツキの神力を得た王は、その場にはないものを呼び寄せることができた。たとえば日照りつづきなら、恵みの雨を呼び、他国と戦になれば、兵士となる鬼を呼びだして敵を退ける。どうやらこの世界を包む不可視の壁を一時的に破壊して、隣接する異世界から望むものを召喚することができる力のようだ。その力を利用してヤクモは大国にのし上がった。

「だが十年前、内乱が起きたな」

「内乱？　だれが起こしたんですか」

「実はわしもよくは知らんね。起きた直後にはもう城内に妖《あやかし》が充満してて、内部に近づくのは無理だった。首謀者は王の弟のうちの誰かではと伝わっとる」

王弟が政権を欲しさに王を殺害し、玉座を奪って、イツキの神力も手に入れようとした。しかしながら正統な王でないことにイツキは怒り、力を与えるどころか、力を暴走させ、異世界の妖を大量に呼び込む惨事を招いたのだとか。

妖は城内で暴戻《ぼうれい》の限りを尽くしたという。当の王弟はもちろん、王の親族、側近までもがことごとく殺戮《さつりく》された。

「しかし、たったひとり――少年だった王太子だけは助かった」

王太子は運がよかった。暴走した神力によって一時的に異世界に飛ばされたため、妖の殺戮から逃れることができた。そして飛ばされた先が廃墟の図書館――そう、その王太子こそが夜白というわけだ。

あとは真桜のほうが詳しい。流された夜白は真桜と出会い、そこに鬼が現れたのだ。おそらく鬼もイツキの力の暴走で流されてきたのだろう。あのとき、自分が夜白を鬼から庇《かば》ったことで、彼に惚《ほ》れられてしまったのかもしれないが、真桜は納得できなかった。

「で、でも、でも、好きになったからって、一方的すぎるわ。あたしの気持ちは」

「十年前、すでに思いを交わしたとの噂だぞ」

「え？」

「八雲では未婚の男女が持ち物を交換する。これ、愛情の交換。交換した物を常に身につけておく。これ、愛情の継続の証。そういうことをした覚えは？」

（……や、やっちゃったかも）

真桜は左手薬指の指輪を見て呆然《ぼうぜん》となった。これと猫柄のハンカチを交換してしまった。

真桜は取り乱したように指輪を抜きとろうとしたが、真桜の背後に座っていた男が腕を伸ばし、彼女の手首をはっしと取り押さえた。

「なりません。主上からいただいたものを」

「愛情の交換なんて知ってたら、もらわなかったわよっ。だいたい、こんなのはめた覚えだってないのに……っ」

「しかし、今上がこの国を立て直したのは、あなたが自分を待っていてくれる――その愛をずっと信じていたからなのです。あなたがそれを捨てれば、愛はまやかしとなり、今上の絶望は以前より深まるでしょう。絶望しか持たぬ君主が治める国はどうなることか……」

絶望したいのは、こっちのほうだ――と言いかけて、真桜は自分の手首をつかんでいる男を
「おや？」と見やった。

「あなたは……？」

「夕羅《ゆら》と申します。宮城では大変失礼いたしました」

「え？　あ、もしかして、あたしを連れだした人……？」

穏やかな声音が、あのときと同じだ。覆面をとった彼は、この場にいるどの衛兵よりも抜きんでて若く、美しかった。

「我々も切迫しておりましたゆえ、かなり強引な手を使わせていただきました。その上このようなご事情を聞かされては、ご困惑なされるのも無理はありません」

「……」

「私がなにか？」

「ううん、なんでもないです」

夕羅だけはずいぶん言葉が流暢《りゅうちょう》だ。しかし真桜が引っかかったのはそのことではない。彼と目を合わせた瞬間、はっと胸をつかれるなにかがあったのだ。

綺麗《きれい》すぎるからだろうか。まなざしがどこか寂しげで、だが引きしまった口もとは凜々《りり》しくて、たとえるなら冴《さ》え冴えとした冬の月のよう。黒い髪はあごのあたりで梳《す》き、前髪の一筋だけが右頬《みぎほお》に長くかかっている。なにやら吸い込まれるような心地で彼の怜悧《れいり》な美貌を見つめて

いると、

「お、お願いですだ！」

突然、まわりにいた中高年の衛兵たちが土下座をしてきたので、真桜はわっと驚いた。

「どうか、あなたのお力で帝を…主上をまっとうにしてくれ」

「……は？」

主上をまっとうにということは、あの夜白を更生させてくれということか。たしかにまともとは言いがたい猟奇的な言動ばかりだったが……。

「で、でも、主上は内乱後の八雲を復興してくれたんでしょう。国主としてはまっとうなんじゃないですか」

すると、老衛兵が苦い顔をした。

「城内に明らかに人でない奴が、わんさかいただろ」

「あ、ええ、まあ」

狐の尾を持つ珠黄に、黒い翼の紅羽――思いだし、真桜の顔がこわばった。

「あれは皆、イツキさまの神力の暴走で異世界から召喚された妖。奴らがいまだ居座っとる」

「どういうことですか」

「十年前、飛ばされた先から戻ってきた王太子は、玉座を継ぎ、イツキさまのお力をわけてもらったな。ところが、そのままイツキさまを閉じ込めたな」

「閉じ込めた？　どうして」

「噂では、イツキさまは妖の封印を望み、主上は妖を配下にとお望みになったとかだね」

帝とイツキの意見が対立し、帝がイツキを邪魔者として排除したということか。

しかし、なぜ帝は妖を配下に望んだのか。真桜が尋ねても、老衛兵は首を横に振り、よくわからないのだと答えた。

「内乱のせいで人を信じられなくなったのかもな」

だが主上のばあいは極端だった。政務にたずさわる要職にも妖を登用し、逆にそれまで臣下だった者たちを一切排除してしまったというのだ。

「国は立て直されたが、今では化け狐と天狗《てんぐ》が政を牛耳っとる」

老衛兵は愚痴る。そういえば、珠黄は左ノ大臣、紅羽は右ノ大臣と呼ばれていた。

「こちらの橘《たちばなきよつね》　清常殿は十年前までは司法の長官でした」

夕羅が言った。老衛兵は清常というらしい。

「なのに突然職を解かれ、城の外苑の警護役に命じられたのです。ここにいる他の皆さまもとは文官で」

夕羅が衛兵たちの不遇を語れば、清常が情けない声でよよと泣き、衛兵たちもすすり泣く。

彼らは皆、元々は高級官吏だった。どうりで衛兵姿がしっくりこないはずである。

帝の専横はこれだけではないらしい。なんと彼は国そのものまでも作りかえた。妖たちの望むまま、行政も文化も、彼らがもといた世界に似せたのだ。〈王〉は〈帝〉と呼ばせ、都は〈妖安京〉として平安京もどきにされた。言語までもが妖のものに強制され、ヤクモは八雲と漢字が当てられたとか。

（ああ、そうか、それでこの人たち、こんなに話しかたがぎこちないんだ）

老いてからの言語習得は厳しい。ましてやそれが望まぬものならなおさらに。

「主上に異世界で好いたお方がいるというのは、前々から巷《ちまた》に伝わっていた。その方がいよいよ召喚されると聞き、わしらは危険を冒して、頼むことにした。どうか、どうか、姫のお力で主上を真人間に……」

「それは妖を追い出し、この国を元どおりにし、皆さんを前の役職に復帰できるよう、主上に働きかけろということ……ですか？」

「愛しい人の言葉なら、きっと受け入れてくれるはず……ううっ」

清常はふたたび床に伏し、すすり泣いて懇願してきたのだが、

「無理、無理、無理、無理、無理、無理っ！」

真桜は即行で断固拒絶した。十七の女子高生が帝の更生なんて、荷が重すぎる。

「しかし、このままでは八雲は妖に乗っとられる」

「で、でも、それなりに共存してるじゃありませんか。妖たちと同じ宮城の中で勤めて」

いいえ、と清常たちの代弁をしたのは夕羅だった。

「この方たちはいざというときの駒《こま》として生かされているだけなのです。そして妖の報復に怯《おび》え、我慢を強いられているだけ。それを共存と言えるのでしょうか」

夕羅の流暢な日本語だと妙に説得力が出てくるので困る。

だが、夜白は「息の根を止めたい」などと恐ろしい台詞で口説いてくる変人だ。しかもまわりは妖だらけでは、女子高生が太刀打ちできる環境ではない。なによりも夜白のもとに戻るということは、彼の求愛を受け入れるということでもあり、真桜は貞操の危機に直面するということにもなる。

「無理、なにがなんでも無理！」

「この老いた方々をずっと過酷な環境に置いておくのは、あまりにもお気の毒では」

（う……情に訴える作戦ね）

こういうのに真桜は弱い。だが、やはりリスクが大きすぎて承諾はできない。

「妖は夜間には城下にも出没しているそうです。おかげで民は日が暮れると、家の中で息を潜めているしかない。それを見捨てるのは、私なら胸が痛い」

（くぅ……今度は良心の呵責《かしゃく》に）

しかし、なおも真桜が渋っていると、ついに夕羅は彼女がぜったいに断れない必殺文句を持ちだした

「召喚の力を使えるのは帝のみなのです。あのお方が暴君として、妖をはべらせているうちは、

あなたとて彼の偏愛に囚《とら》われたまま、元の世界に戻ることは叶《かな》わないのですよ」

(そ、そんなのあり……?)

❖

……結局、押しに負けて引き受けてしまった。

清常の邸宅を後にした真桜は、夕羅に付き添われ、宮城に戻ることになる。

「ねえ、帝を更生させたら、ホントに元の世界に帰してもらえるの……?」

「帝が改心すれば、あの方は妖を元の世界に戻し、清常殿は本来の役職に復帰できます。そうすれば、あなたのことも帝にかけあってくれるでしょう」

「……そんなに上手《うま》くいくかしら」

「あなたさま次第ですよ、姫。……それよりも正門の近くまではお送りいたします。門兵たちには、衛兵になりすました盗賊にさらわれたが、隙を見て逃げてきたのだと伝えれば、疑われることもありませんから」

「う、うん……」

内心では逃げたい気持ちでいっぱいだった。今なら夕羅ひとりだし、巻いてしまうこともできるのでは――彼の隣を重い足どりで歩きながら、その機会を密《ひそ》かにうかがう。

と、夕羅がふいに立ち止まり、ぽつりと小声でつぶやいた。

「……逃げますか」

「え？　い、今、なんて……」

「私と逃げますか、と」

「な、なにを言ってるのよ」

「あれだけ説得をしておきながらとお思いでしょう。しかし、あなたがこれから危険にさらされるかと思うと、あそこに送り込むのはどうしても忍びないのです」

しかし、逃げたいはずが、真桜は反射的に首を振っていた。

「だ、駄目駄目！　あなたに迷惑をかけるぐらいなら、あたしは逃げるのをやめるわ」

そう言って、気づかうように夕羅を見やると、彼は微苦笑を浮かべていて、

「夕羅…さん？」

「つまり、おひとりで逃げるつもりだったのですね」

「あ……」

下心を探ってきただけか。真桜は苦々しい顔をして、ぶいと横を向く。

「け、けっこう策士よね、あなた」

「しかしお礼は言わせていただきますよ。お優しいのですね」

真桜はいっそう苦々しい顔をする。正直、一番嫌な言葉だった。

「……優しくなんかないってば」

「姫……」

……真桜ちゃん、優しいから。

幼馴染みの萌ちゃんはそう言って、よく頼みごとをしてくる。部長たちもクラブに入ってくれと頼んでくる。真桜は断る理由がなくて引き受けてしまう。

そのせいで陰では『便利屋真桜』と呼ばれているのを知っている。嘲笑《ちょうしょう》ではなく、ちょっと同情を込めて、そう呼ばれているらしい。

優しくなどないのだ。頼まれても断れないのは、たぶん自分の存在意義が他に見つからないから。頼みごとを引き受けない自分に、別の価値があるのかなと考えると、どうにも自信がなくなってきて、やっぱり今のままの似非《えせ》の優しさをずるずると続けてしまう。

（……かっこ悪いよね）

だが、自分のかっこ悪さを自覚したせいか、逃げたい気持ちは失せていた。逃げたところで路頭に迷うだけだし、夕羅たちも希望を失ってしまう。誰も得をしない道を選ぶなんて、それこそ愚かでかっこ悪いことだと。

「に、逃げないからね。だって…他に元の世界に戻る方法がないんだし」

「では、せめてあなたが宮城で無事に過ごせるよう努めさせていただきます」

「あ、無理しちゃ駄目よ。あなた、あたしをさらったところを主上にしっかり目撃されてるんだもの。これ以上目立った行動はしないほうが」

「顔は隠していましたからご心配はいりません。それにもとより衛兵ではありませんので、身元は割れにくいはずです」

「え？　衛兵じゃないの？　じゃあ、その格好は」

「借り物です」

夕羅の父は官吏だったという。件の内乱のあと、帝に衛兵の任を命じられたのだが、病がちな身体だったため、野に下り、都の外で隠遁《いんとん》生活をはじめたそうだ。当時子どもだった夕羅も父に従った。しかし、その父も数年前に病で亡くなり、今は大叔父である清常の世話になっているとか。

「で、あたしをさらったのね。世話になってる人の頼みじゃ、断れないものね」

「…………そうですね。そうかもしれない」

夕羅は少しだけ戸惑いの沈黙を置いて、しかし、しみじみとした声で言った。まっすぐに延びる通りの、さらにその先の暗闇を見つめるまなざしは、なにやら真桜以上に心もとなげな影を宿している。

彼の瞳が月の光に透けるのを見て、真桜は思わず「あ…」と小さな声を漏らしていた。

（……この人、夜白と同じなんだわ）

夕羅もまた紫紺色を瞳の奥に隠し持っていることに気づいたのである。初めて彼を見たとき、胸をつかれた思いがしたのはそのせいか。

（夜白を思いだすからかな……うーん……）

もやもやとした気分で夕羅の横顔をじっと見ていると、突然、彼が険しい顔をして真桜の腕を引いた。

「姫！」

「え………なっ！」

夕羅の視線の先、四つ辻のあたりが光と闇に揉《も》まれるように歪《ゆが》みはじめ、その中から見覚えのある巨大な妖が現れたのである。

（あれはっ！）

青黒い肌。ねじれた二本の角。ざんばら髪からのぞく金色のひとつ眼《め》――それは十年前の図書館に出現した鬼とまさしく同一の姿をしていた。

「あ、あの鬼、どうして出たり消えたりできるの……っ」

「おそらくですが、十年前のイツキの力の暴走の際、召喚が不完全だったのでしょう。だから、この世界にとどまることも、元の世界に戻ることもできない」

とどまることも、戻ることもできない。なんだか悲しいなと胸が痛んだが、鬼の醜悪な巨体を前にすると、恐怖のほうが先立ってしまう。

鬼が真桜たちのほうへ鈍い足どりで向かってくる。夕羅は太刀に手をかけ、わずかに抜いたが、忌々しげに舌打ちをした。

「錆《さび》が。手入れもしていないのか……」

それでも彼は太刀を抜いた。真桜を背後に押しやり、自らは鬼のほうへ駆け出していく。つかみかかろうとする鬼の手を、高々とした跳躍でかわした彼は、鬼の左右の肩に軽やかにとまり、太刀の切っ先で鬼の目を刺した。

「！」

鬼がぐらりとのけぞると、夕羅は太刀を手に、鬼の肩を蹴《け》って後ろ跳びで着地し、真桜のところに戻ってくる。真桜は夕羅の巧みな戦闘力に驚いていた。

「すご……兵士だったの？」

「こうしないと生きていけなかったから……」

ずっと冷静な口調だった夕羅が、このときだけは切実さを込めて——八雲はよほど危険に溢《あふ》れた土地なのかと、真桜は緊張の唾《つば》をごくりと呑み込む。

鬼は刺された目を片手で押さえ、しかし、致命傷ではないようだ。痛みに咆哮《ほうこう》し、周囲の籬をやたらめったら壊しはじめた。

「姫、今のうちに……」

が、夕羅は真桜の手首を一度はつかんだものの、突如、なにかを気取ったように夜天を見上げると、手をぱっと離した。

「夕羅、さん？」

「申しわけありませんが、姫、ご無事をお祈りしております」

「ご無事って……あっ、ちょっと」

軽く一礼した夕羅は、真桜をその場に残し、鬼とは反対方向へ走り去ってしまう。

（ちょ、ちょっと、置いてきぼり!?）

真桜は唖然《あぜん》としたが、すぐにその理由はわかった。

「真桜！」

夕羅が去ると同時に、天から朗々とした声が響いた。はっと見上げると、獅子《しし》よりもまだ一回り、いや二回り以上はあるか——闇の中でも輝く白銀の毛並みをした九尾の大狐が、家屋の屋根を踏みきって高々と飛びあがり、夜空を駆けるように幻想的な姿を見せた。

その背にまたがるのは夜白である。狂ったように籬を破壊しまくる鬼の頭上付近を、大狐が飛び越えた瞬間、夜白は腰の太刀をきらりと抜き放ち、鬼の首を断末魔の叫びさえあげさせることもなく、いともたやすく打ち刎《は》ねる。

刎ねられた首は、夜空に放物線を描いて飛んだ。受けとったのは、漆黒の大翼を広げて滑空してきた紅羽である。

「よっしゃ。おまえら、食事の時間だぞ」

彼のひょうひょうとした呼び声で、数十羽のカラスがどこからともなく集まり、道にたたずむ首なき鬼の巨躯《きょく》に群がった。カラスたちが死骸《しがい》を貪欲《どんよく》についばむと、数分もしないうちに骨ばかりとなり、やがてそれも崩れて霧散してしまう。

紅羽は最後に鬼の首を遠くへと放り投げた。するとカラスたちは首を追うようにいっせいに飛び立ち、そのうちの数羽がくちばしで受けとると、群れはいずこへと去っていく。

「…………」

残酷で、だが絶妙な手並みを見せつけられ、無言で立ちすくむ真桜の近くに、夜白が大狐とともに降り立った。大狐がまぶしい白銀光を発して、珠黄と八匹の子狐に戻ると、夜白が真桜に手を伸ばしてきた。

「真桜っ、すまぬ。怖い思いをさせたな……っ」

（ひっ、あなたも怖いんだってっ）

真桜がたじろいでいると、珠黄だけは彼女の内心を察したらしい。さりげなく子狐たちに目配せすると、八匹は夜白の後ろにぴったりとつく。

「ああ、おまえをさらった奴を、私はけっして許さぬ。必ず捕らえ、輪入道にくくりつけて市中引き回しの上、足洗邸《あしあらいやしき》による踏みつけの刑に処してくれよう」

夜白が物騒な言葉を吐きながらも、こわばる真桜の手をいたわるようにとれば、一匹の子狐が夜白の背を這い上がって、首筋にしがみつき、背後から天下無敵のうるうる瞳《まなこ》で真桜をじっと見つめてきた。真桜の視線は自然とそちらにいく。

（な、なにこれ、可愛いすぎる……）

子狐のおかげで夜白への恐怖は緩和された。ついでに残りの七匹が自慢の毛並みで真桜の足もとをもふもふとさすってくるものだから、真桜は極楽気分である。

「もう離さぬぞ、真桜。おまえの血汐《ちしお》の最後の一滴まで私のものだ」

（……すごくいいわ）

子狐の与える快感に浸る真桜は、傍目《はため》には夜白に惚《ほう》けているように映る。その光景をうんうんと満足そうに眺める珠黄の隣に、紅羽が呆れ顔で降り立った。

「おいおい、あんなインチキでいいのかよ……」

「つかみだけは支援させていただきます。あとは主上次第」

「だから、それが一番の心配の種なんだろうが」

紅羽のぼやきに同意するように、遠くでカラスが「カァ」と鳴いた。

弐、恋したい男と、更生させたい女

真桜《まお》が宮城に戻って数日が経《た》った。

宮城の最奥には帝《みかど》の日常の御座所である〈青妖殿《せいようでん》〉が立っている。

殿舎をつなぐ渡り廊をわたって青妖殿の簀子縁《すのこえん》を歩いてきた珠黄《たまき》は、あざやかな花々がほころぶ中庭で、真剣な顔をして花摘みをする夜白《やしろ》の姿を見つけると、階《きざはし》から足早に降りてきた。

「花摘み…でございますか」

「真桜にやるのだ。おなごは花が好きらしいからな」

しかし、珠黄は夜白の手から花束をさっととりあげた。

「なにをする。私の恋路をはばむのなら、そなたとて容赦はせぬぞ」

「こんなものを差し上げれば、百年の恋さえも冷めるというものですよ」

と、珠黄はとりあげた花束をぐいっと夜白につきつけた。すると水仙《すいせん》の花に似た蕾《つぼみ》が突然ぱかっと開き、目玉と唇を飛びださせて、悪態をつきだしたのだ。

——コキ使イヤガッテ、ザケンナヨッ！

ひとつの花が叫び、やがて花束の大合唱が始まると、夜白はうるさそうに眉《まゆ》をひそめた。

「見た目はともかく、この騒がしさはいただけぬか……」

「……見た目も大いにいただけないですけどね」

珠黄はその花束をぽいっと植え込みに捨てる。

「怨《うら》み水仙はだれかが喋《しゃべ》った恨み言をだけを真似《まね》ます。いえ、そうでなくても城内の花は問題が多うございまして贈り物としては不向きかと。再考の必要がございますね」

「再考など……私の真桜への想《おも》いが花だけに終わるはずがないではないか」

他《ほか》にも贈り物を用意しているらしい。夜白は珠黄を殿舎の中に誘うと、ひらりと袖をはためかせ、「あれを見よ」と部屋の奥を示した。

鳥居型の衣架《いか》には見事な艶《つや》めきの打ち掛けがかけられていた。血のように真《ま》っ赤《か》な地色に曼《まん》珠沙華《じゅしゃげ》をかたどった花模様が一面に描かれている。

「おなごは着飾るものも喜ぶと聞く。これならそなたも異存はあるまい」

しかし珠黄は冷静沈着に、打ち掛けの裾《すそ》へと視線を落とし、

「……主上《おかみ》、これはまだ未完成ではありませんか」

裾のほうでは縞模様《しまもよう》の蜘蛛《くも》がうじゃうじゃと湧《わ》いていた。織子《おりこ》の蜘蛛である。糸を吐きだし、左右を行ったり来たりしては、懸命に打ち掛けの織りの追い込み作業に従事している。

「真桜に今すぐにでも見せたいのだ。驚くであろうな」

「別の意味で驚きますよ。製作過程は死んでも見せてはなりません」

またまた却下されるも、夜白はめげない。

「おなごは甘いものにも目がないのだぞ」

「別腹とは聞きますが……ほう、こちらがご用意したものですか」

珠黄は漆塗りの高坏《たかつき》に盛られたお菓子をのぞき込む。

「餅菓子《もちがし》のようですね」

「内膳司長官の小豆《あずき》洗いに豆を厳選させ、作らせたのだ。あやつの故郷のおなごどもはこれが大好きだったらしい」

それは豆大福のようだった。だが、表面にまぶした白豆の皮が破れ、内側の黒い果肉がのぞき、それが目玉のように見えるので、大量の目玉を持つ妖《あやかし》――目目連《もくもくれん》を連想してしまう。

「……別腹どころか、食欲が失《う》せなければいいのですがね」

「そなた、嘘《うそ》でもいいから、たまには褒められぬか」

「主上のための苦言です。それよりも、まさかこの者に菓子を運ばせるおつもりで？」

珠黄は大福を盛った高坏を手に、微動だにしない十二単《じゅうにひとえ》姿の女房を指さした。その者は透けるように色白く――というか、もはや身も皮もない骸骨《がいこつ》だけの骨女である。

「絡新婦《じょろうぐも》の女官どもはどうにも気性が荒くてな。真桜付きの女房にはしたくないのだ。こやつはおとなしいので、真桜とは気が合うであろう」

「ありえませんよ。姫と骸骨が和気あいあいとしている図なんて」

「ああっ。さっきからなんなのだおまえは。ああ言えばこう言う、こう言えばああ言う」

夜白は珠黄に向かってしっしと邪険に手を振って下がらせようとする。だが、珠黄は逆にぐいっと夜白に顔を近づけ、小声で彼を諫《いさ》めた。

「紅羽《くれは》から聞きましたよ。姫に『昼で息の根を止めたい』などとおっしゃったとか」

「……真桜が私を避けたのはそのせいだったのか」

夜白ははっと心外そうに目を瞠《みは》り、そして麗しいほどに憂えたため息をこぼす。

「どうやら不興を買ってしまったという自覚はおありのようですね」

「……真桜が昼も許さぬほどに奥手だったとはな。これでは婚儀はほど遠い」

「いや、奥手とか、そういう問題ではないのですよ、主上」

今度は珠黄のほうがため息をつきたくなる。

「ま、仕方がございませんね。子どものときより十年、ともすれば自身を食い殺しかねない妖たちを従え、懸命に生きてこられた。結果、妖に馴染《なじ》みすぎて、むしろ我々以上に人との交流経験が足りず、人付き合いの機微や言葉遣いというものをご存じない。これでは人の娘を口説くなど至難の道……」

「説教ならいらぬぞ」

「説教ではありません。わたくしは主上と姫に仲睦《なかむつ》まじくしていただきたい。だが、今のままでは平行線どころか、遠ざかるばかりです。まずは姫のことをもっと思いやりませんと」

「充分すぎるほどに思っているつもりだが」

「甘いっ。今回の贈り物も主上の好みを押しつけているだけ。これでは姫の心はとうていつかめません」

「つまりは真桜の欲しがるものをやれと？　なるほど、それなら……」

夜白は早速真桜のもとに尋ねにいこうとしたが、珠黄がすっと立ちふさがった。

「僭越《せんえつ》ながら、わたくしのほうで前もって調べさせていただきました。姫のお望みのものはですね――」

❖

一方、真桜は青妖殿から近い〈弘鬼殿《こきでん》〉という殿舎を与えられていた。

いまだ制服姿を通す彼女は、簀子縁から庭に降りる階に腰かけ、ぼんやりと過ごす。

目の前は紅葉の色が映える白砂の敷かれた美しい日本庭園だった。秋の花々も美しく――だが降りて、それらの花に触れてはいけない。なんでも毒を持っているものが多いのだとか。流れてくる和楽の音も美しいのだけれど、おそらく演者はあの足の生えた付喪神《つくもがみ》の楽器たちなのだから、ここに長居をしたい気はどうにも湧いてこない。

（はぁ…あっちの世界はどうなってるかな）

元の世界のことを思い出していた。真桜が突然消えてしまったのだから、家族は心配しているだろう。親戚《しんせき》は、クラスメイトは、部活の仲間たちは——。

（……あ〜萌《もえ》ちゃんに現国のノート、写真部の心霊写真の整理、演劇部の衣装作り、女子相撲部の勧誘ビラの印刷……全部、やり残してきちゃったなぁ）

まあ、肝心の思い出がこればかりというのが、我ながら情けないのだが——。

「——姫」

「え？　あ……」

声のほうを見やると、衛兵に扮した夕羅《ゆら》が庭の隅にかしこまっていた。

真桜は慌てて後ろをふり返る。背後の部屋には、露草色の水干を着た少年たちが八人、仰向けですうすうと昼寝をしていた。どの少年もまなじりがぴんと吊《つ》り、頭には獣の耳、尻《しり》にはふさりとした狐《きつね》のしっぽが生えている。あの子狐たちの化け姿である。真桜にふさわしい女官がいないとかで、当面彼らが身の回りの世話をするよう珠黄が差配したのだ。

真桜は彼らを起こさぬよう、ひそひそ声で夕羅と話した。

「……こ、こんなところまで忍びこんできて、大丈夫なの？」

「ご心配はいりません。それよりも、あれから主上のようすはいかがでしょうか」

「そのことだけど……」

どうやら初日の拒絶反応が効いたのか、夜白は真桜との接し方に試行錯誤しているようで、実のところ、あまり顔を合わせていないのだと打ちあけた。

「ごめんね。一日も早く更生させなきゃいけないのに……」

「いいえ。ご無事でなによりです。むしろ姫になにもかも押しつけて、こちらのほうが心苦しいかぎりです」

「……でも、あたしのためでもあるしね」

召喚の力を持つのは夜白のみ。彼を真人間にしなければ、真桜とて元の世界に戻れない。

「いちおう、作戦はあるのよ」

「そうですか。とにかく身の危険を感じたら、お呼びください。そのときは姫を必ずお守りいたします。たとえ主上に手をかけても……」

最後の一言が大げさではなく、本気に聞こえて、真桜はちょっと彼が怖くなる。

「あ、ありがたいけど……さすがにそこまで無理しなくていいって」

「いいえ。我々が現状に甘んじすぎるのです。今の八雲《やくも》を不服とするならば、むしろ思いきって正すべきなのはわかっているのですが……」

夕羅の張りつめた瞳《ひとみ》の奥から紫紺色《しこんいろ》が浮かび上がった。それを見たとき、ふたたび真桜の脳裏を思いだせそうで思いだせないなにかがよぎる。

（なんだろう……）

初めて会った気がしないのだ。だが記憶をたどっても、彼の面影と一致する人はおらず、妙な心地悪さを感じてしまう。

夕羅が誰かの気配を察したのか、急に立ちあがった。

「……失礼いたします」

彼が立ち去り、ほどなくすると、空から派手な羽ばたきの音が聞こえ、黒い翼を広げた紅羽が姿を見せた。彼は人なつっこい笑みを浮かべ、真桜の隣に舞い降りてきた。

「よう。姫はご機嫌でお過ごしかな」

と、顔をのぞき込んだのだが、彼女が避けるように顔をそらしたので、

「なんだぁ？　もしかしてまだあのこと怒ってんの？　それとも、俺《おれ》のこと怖いわけ？」

正直に答えるならば、両方だ。

「許してくれよ。あれは妖流のもてなしなんだって。それに俺は優しいんだぜ。女にはな」

紅羽は軽薄にそう言うと、いぶかしげに庭を見回し、

「……というか、今、だれかここにいただろ」

「え？　あ……あ、あ、あの人ね。新人の衛兵さんみたい。迷っちゃったらしくて」

すっかり否定すると、かえって疑われそうなので、真桜はそう言っておいた。

「へえ。でも気をつけろよ。前みたいななりすましかもしれないからな」

先だっての誘拐事件は、衛兵になりすました盗賊が犯人だったという真桜の偽証で、ひとまず片がついたのだ。その後、殿舎の軒下から素っ裸で縛られた衛兵が見つかった。夕羅は彼か

ら衣装一式を奪ったか、借りたのだろう。その衛兵が夕羅たちと共犯なのかどうかは知らないが、犯人の顔は見てないと証言したとか。

紅羽はふいに真桜の目の前にぴらりとしたものを差しだした。

「――ほら、見ろよ」

また悪さをされるのではと、真桜はびくりとしたが、ただの一枚の大判紙である。用心深く受けとると、右端には『八雲実話』と書かれていて、あとは小さな文字で埋まっていた。

「なにこれ……」

「〈瓦版《かわらばん》〉だ。あっちの世界にもあったはずだけどな」

「瓦版？　昔の新聞みたいなものよね。今はもうなくなってるわ」

「へえ、そりゃ初耳だ」

「知らないの？」

「まあな。俺の記憶にあるあちらの世界での最後の事件は、赤穂浪士《あこうろうし》の討ち入りだし。そのあと俺は凄腕《すごうで》の陰陽師《おんみょうじ》に封印されちまったから、以後の記憶がないのさ。あ、俺だけじゃないぜ。珠黄の封印はもっと昔かな……平氏が源氏に大敗して、都落ちした頃《ころ》だったはず」

紅羽が教えてくれる。ここの妖たちは皆、今から百年、二百年、中には千年以上も前の日本で、退魔師や陰陽師たちによって封印され、ずっと半死状態だったそうだ。そこをイツキの力の暴走でこちらに召喚され、息を吹き返したのだとか。

「だから八雲って、あなたたちの好みでこんな昔の日本みたいになっちゃったのね」

「俺たちの好みじゃねえよ。姫が暮らしやすいよう、あちらの世界風にって主上が俺たちに意見求めたから、こうなっちまったわけ」

「……重症ね。やっぱ更生が必要だわ」

「こうせい？」

「あ、な、なんでもない。それよりも……やだっ、この瓦版、『真桜姫大解剖！』なんて書いてるじゃないの。まさか主上、私の息の根を止めたあとは、解剖を……」

「んなわけないだろ。あんたの召喚が城下で話題になってるのさ。姫が主上の思い人ってのは八雲じゃ有名だからな。で、瓦版で特集記事が組まれたわけ」

スターの来日やロイヤルウエディングで、マスコミが大騒ぎするようなものらしい。まさか自分がそんな立場になるとは。真桜は少々くすぐったい気分で瓦版に目を通す。古くさい文だが理解はできる範疇《はんちゅう》の日本語で――しかし、のっけからガセネタの連続だった。

「わ、なによ、『姫の不遇の少女時代――身内に虐げられ、冬は町中で爪楊枝《つまようじ》を売り歩いて生計をたてていた』……って、ありえない」

「ん？　けっこう定番の噂《うわさ》だけどな。主上自身からも何度か聞いたことあるぜ」

（さては夜白ったら、あれをまるまる信じちゃったわね……）

十年前、図書館で夜白に見せた絵本が、たしか『マッチ売りの少女』と『シンデレラ』だった気がする。マッチが爪楊枝にすり替わった以外はそのままだ。夜白が絵本の内容をそっくり真桜の身の上と信じ、それが八雲に流布《るふ》してしまったのかもしれない。

瓦版ではさらに「かつては姫と呼ばれ、やんごとない身分だったが、わけあって、今は零落《れいらく》している」などとすごい尾ひれがついていた。

「なになに……『この清らかなる姫があの〈閻魔大王《えんま》〉の毒牙《どくが》にかかることを、八雲の民は落涙すべきか、憤慨すべきか』って……ねえ、閻魔大王って、誰?」

「主上のあだ名だよ。〈地獄に行くも行かぬも彼次第〉って意味で――閻魔」

「すっごい嫌われてるじゃない……」

「畏《おそ》れられてると言ってくれ。――十年前、内乱のせいで軍備がおろそかになっちまった八雲は、周辺国の攻撃を一気に受けて、一時は敵軍が城下まで侵攻してきたんだ。それを先陣切って食い止めたのが、主上なんだよ。戦のあと、敵の屍《しかばね》がそこらじゅうに転がる城下に非情な顔でたたずむ少年の姿を見たら、そりゃ、だれだってぞっとしちまうわなぁ」

真桜の知る夜白とは対照的だった。図書館では鬼に立ちむかうことさえ諦《あきら》めていたのに。戦が夜白を非情な性格に変えてしまったのだろうか。

そんな彼をはたして自分は更生させられるのか――不安な顔をする真桜を、紅羽は彼女が怯《おび》えているものと思ったらしい。

「大丈夫だよ。あんたは」

「え？」

「主上にとってあんたは特別さ。あいつ、いつも言ってるぜ。姫だけは逃げなかったって」

（……あたし……だけ？）

「内乱が起こって、あげくの果てに異世界に飛ばされて、なにもかも捨て鉢になってたのに、姫に救われたってな。ちっこい身体《からだ》で鬼に懸命に立ちむかっていく姿見てたら、『生きろ』って言われてるみたいで、だからなにがなんでも生き抜くことにしたんだって」

「………」

「そういうわけで、姫は特別。俺たち下僕とは違うから、安心しろっての」

しかし、真桜は安心するどころか、しかめっ面になっていた。ずっと紅羽から顔をそむけていたのだが、これだけは言っておきたくて、彼に向きなおる。

「……下僕なんて言うんじゃないわ」

「は？」

「あなた、仮にも右ノ大臣《うのおとど》なんでしょ。だったら自分を下僕だなんて卑下しちゃ駄目。もし主上があなたをそう扱うなら、諫めるのが役目なの。自分で認めてどうするのよ」

「……ほう」

思いがけぬ言葉を聞いたように、紅羽は目をぱちくりとさせ、そしてにまりと笑う。

「なるほどねえ」

「な、なに？」

「主上が言う姫の特別を、今、体感したような気がするよ。ああ、残念、主上の想い人じゃなかったら、俺がいただいてたのにな」

と、急に色っぽい視線を送ってきたものだから、真桜は瓦版をさっと顔の前にやって、見ないふりをする。

「あ、あなた、誰にでもそんな顔するわけ？」

「ま、封印の原因もそれだし。恋人寝取られて嫉妬《しっと》した男どもが、陰陽師に俺の封印を頼みやがったから」

「ったく、もう……」

　真桜は話題をそらそうと、瓦版の続きを読む。

「えっと、なになに……『しかし嘆きの一方で、姫に期待をする声も聞かれる。姫の説得により、閻魔大王の残虐非道な行為に歯止めがかかるのではという見解だ』……って」

「残虐非道か……いいねえ。俺たちの頭領はそうでなくっちゃ」

「あのねえ、これはけなされてるの。主君の悪口に喜んでるんじゃないわよ……と、どこまで読んだっけ……あ、ここね『姫は大王が我々から取り上げたものを、取りもどしてくれるかもしれない。イツキの復活だ。ひょっとしたら姫自身がイツキの化身ではとの』……」

「うわっと！」

「きゃっ」

真桜はびっくりした。突然、手から瓦版が失せたのである。紅羽がひったくったのだ。

「……やべっ、んなこと書いてあったのかよ」

「ちょっと、まだ読んでないってば」

「あっと、悪いが、用事を思いだした。読みたきゃ、また買ってきてやるよ」

紅羽は瓦版をくしゃりと握りつぶすと、逃げるように飛び去っていく。

(なんなのよ、急に……)

真桜が欄干に身を乗りだし、空に遠ざかる紅羽の姿を呆《あき》れた目で見上げていると、

……ワンッ。

すぐ近くで犬の声がした。ふり返り、愛らしい子犬の姿を見つけたが、真桜の頰《ほお》はゆるむどころか、こわばっていた。

(来たわ、来たわ、ついに来た……)

子犬を抱いていたのは、笑顔の夜白だったのだ。

❖

「ああ、真桜よ、相変わらずの邪悪な顔《かんばせ》だな。かの傾城玉藻前《けいせいたまものまえ》もそなたを見れば、きっと我が

醜さを恥じて首をかき切り、そなたに血の海伝説が生まれることであろう」

（……褒めてるのよね。たぶん）

賞賛されていることはなんとなくニュアンスでわからないこともない。

「あの…その子犬は……」

「そなたの望むものなど私にはすべてお見通しだ。ちょうどよいのが見つかったので、引き取ってきた」

お見通しというか、珠黄に聞いたのだろう。数日前に、珠黄がなにか欲しいものはございませんかと尋ねてきたので、子犬か子猫がいいと答えておいた。

「あ、ありがとうございます」

そのくるくるとした体型の子犬は、豆柴に似た賢そうな雄で、目の上に麻呂のように茶色の斑《たん》があった。

子犬を受けとった真桜は、まずは用心深く観察して、普通の子犬であることを確認する。

（よかった。ただの子犬だわ）

この世界のことだから、いきなりぱかっと口が耳まで裂けて、「食ッテヤロウカ」なんて言いだす魔獣を連れてくるんじゃないかと心配していたのだ。

「この子、どこからもらってきたんですか」

これも確認しておかなければならない。親犬と無理に引き離したり、飼い主がいるのに強引に奪ってきたというなら、即刻返させるつもりだった。

「珠黄の知り合いからだ。野良だったのを拾って、成長を楽しみにしていたらしいのだが、取り上げてきたと」

「と、取り上げる？　そんなの駄目ですっ。すぐに返してあげてっ」

真桜が子犬を突き返すと、夜白はしゅんとなり、

「……そうか。ならば牛鬼《うしおに》に返すとしよう」

「え？　牛鬼って、もしかして」

子どもの頃、昔話で聞いたことがある。人畜を食い殺す恐ろしい妖怪《ようかい》だったような。

「以前、そやつが城下に暮らしていたのだ。あまりに民の家畜を襲うので、城下を追放処分になったのだが、最近は山に入って、拾い食いでどうにか空腹をしのいでいるらしい」

「ひ、拾い食い……あ、やっぱり返さなくていいわ」

真桜は子犬をさっと引き戻す。

(危ない、危ない、この子、牛鬼に食われるところだったのね)

子犬をぎゅっと抱きしめてやると、子犬は真桜の首筋や頬をぺろぺろと舐《な》めて甘える。

それを見て、夜白がうらやましそうにつぶやいた。

「私もいいか？」

「あ、じゃあ、どうぞ」

子犬を抱きたいなんて、可愛《かわい》いところがあるのね――などと思いつつ、子犬を渡そうとしたのだが、夜白は子犬には目もくれず、首を伸ばして、真桜の頬をぺろりと舐めたので、ひえっと真桜は欄干の端まで飛びのいた。

「な、な、な、なにするのっ!?」

「そなたがどうぞと言ったから」

「頬を舐めるほうだなんて思わないわよっ」

「頬が不服なら、どこならいいのだ」

「不服じゃなく、拒んでるんです！」

うっかり本音を吐いてしまい、しまったと口をつぐむ。相手は暴君だ。本心がばれたら、自分も紅羽のように、あの六角堂に吊《つる》されて……真桜は恐怖で縮み上がったが、

「やはり奥手だったのだな」

夜白は切ないため息を深々とついたのだった。

真桜の気持ちを微塵《みじん》も疑っていないようだ。まあ、無理もない。真桜の左手薬指には彼への愛情の証《あかし》である指輪が光る。彼を想って、これを十年もはめつづけていることになっているのだから。

「このぶんだと、唇までの道は黄泉平坂《よもつひらさか》であるな」

「どういう意味ですか？」

「黄泉平坂には冥府《めいふ》と現世を隔てる千引岩《ちびきいわ》がある。そなたの唇を得るまでには、越えがたい障害があるということ」

（……一途《いちず》なんだか、めんどくさい人なんだか）

恋愛に関しては暴君ではないのかもしれない——なんだか夜白の恋心を利用して更生しているようで、ふと後ろめたくもなったが、城下で閻魔と呼ばれるほど民に恐怖を与えている彼をこのままにもできない。なによりも自分が元の世界に帰るためだと、真桜は気を取り直す。

真桜が抱いていた子犬を彼のほうへ差しだすと、夜白はいぶかしげに子犬を見やった。

「犬を舐めても、私の疼《うず》きはおさまらぬぞ」

「舐めるんじゃありません」

「犬を使って、そなたとどのように睦《むつ》むのだ」

「そ、そうじゃなくて、主上がこの子を育てるのよ」

実はこれこそが真桜の暴君更生作戦だった——夜白に動物の世話をさせ、弱者への思いやりを育ませる——つまりアニマルセラピーのようなものだ。『ボランティア部』の部員でもある真桜は、アニマルセラピーを行う現場に何度か手伝いに行ったことがあるのだが、動物の効果が絶大なのを目の当たりにしていた。動物を前にすると、気むずかしい顔をしていた老人も、いつしかほぐれた笑顔になるのだ。

なによりもセラピーを行う男性スタッフのひとりが、その道を選んだ理由を——「俺、学生

時代は荒れてたんだけど、たまたま拾った子犬を育てるうちに、更生してね」と話していたのを思いだし、これは夜白にも使えそうだと考えたのである。

真桜が差しだす子犬を、夜白はそっと受けとった。

「この子犬を私に育てよと？」

「ええ」

「立派に育てたら、真桜は喜んでくれるか」

「うれしいわ」

「そうか」

夜白は子犬を両手に抱いて、高々と掲げると、つぶらな瞳をじっと見つめ、まぶしそうに目を細めた。それはまるで罪を懺悔《ざんげ》した悪人が、神の降らす光を浴び、安らぎを得たときの微笑《ほほえ》みのようで——。

（……いける）

真桜は確信して、ほくそ笑んだ。だが、しかし——。

「なら、犬よ。これよりそなたは、我が下僕ぞ」

「……え？」

「強く育つのだ。頼もしき剣《つるぎ》となれ」

「ちょ、ちょ、ちょっ」

ちょっと待ったと、真桜は夜白からふたたび子犬を取り返す。

「子犬を下僕にするのはまずいんじゃない？」

「私のもとに属するものはすべて下僕だ。真桜、そなたを除いてな」

（カテゴリー、雑っ！）

とにかく下僕にされては、真桜の計画が台無しだ。

「下僕だけはなしよ。だ、だいたい、こんないたいけな顔をしてるのに、下僕なんて務まると思う？　……そうね。たとえば、ほら、家族とかのほうがいいんじゃない？」

「家族……」

「そうよ、家族。この子があなたの血を分けた存在と思えば、優しくできるでしょう」

「されど、犬を嫡男と認めるのは、いかがなものか。まずは真桜と私が一刻も早う婚儀をあげて皇太子をもうけねば、犬と子で世継ぎ争いなど、民の笑いぐさになってしまうぞ」

「なんで嫡男になるのよっ」

「では、弟にせよと？」

「ええ、そうね、まだそっちのほうが」

「しかし、真桜と私が一刻も早う婚儀をあげて皇太子をもうけぬかぎり、やはり弟であるこの犬が皇太子ということになり、私の帝としての面目が立たぬ」

（下心を主張したいだけでしょうに……）

真桜は更生の意欲が萎《な》えかけるのを堪《こら》え、やさしく諭すように言う。

「子どもとか、弟とか、そういうのは気持ちの上だけでのことよ」

「そこまでそなたが望むのなら……わかった。私はこのものを弟と思うことにしよう」

（……やれやれ）

真桜はとてつもない大仕事でも終えた気分で胸をなで下ろす。

「そうなると、このものにも名まえが必要だな。私が名付けていいのか」

「もちろんよ。すてきな名まえをつけてあげてください」

「ならば、そうだな……夜叉丸《やしゃまる》にしよう」

夜叉丸とは、いかにも閻魔とあだ名される夜白がつけそうな名まえだと思ったが、彼がこの犬に親近感を感じている証でもあるし、真桜はとくに駄目だしもしない。

「我が弟、夜叉丸よ」

子犬改め夜叉丸は、それが自分の名であると自覚したのか、ワンッと元気よく鳴く。

「よい声だ。それでこそ弟」

満足そうに微笑んだ夜白は、ふいに部屋のほうをふり返り、奥で熟睡する少年姿の子狐たちに号令のように呼びかけた。

「我が八匹の下僕よ、目覚めよ」

（あの子たちは下僕なわけだ……）

少年たちはぴくりと耳をうごめかせ、煙とともに子狐の姿に戻る。そしてきびきびとした足どりでこちらにやってくると、夜白の手前に一直線に整列した。

「このものは夜叉丸だ。今より私の弟となった」

……ケンッ。

狐ながらも、返事は神妙だ。

夜白は抱いていた夜叉丸を、子狐たちの前にそっと下ろしてやる。

（はーん、遊ばしてやるみたいね）

子犬と子狐が庭で追いかけっこをして、甘噛《あまが》みでじゃれ合うほのぼのとした光景が真桜の脳裏に浮かぶ。それを見つめる夜白の心は癒《い》やされ、いつしか弱いものを思いやる優しさが芽生えて、最終的には暴君返上——そんなシナリオを思い描いた。

「我が下僕よ、弟を鍛えよ」

（……え？）

真桜は耳を疑い、念のため聞き返す。

「今、鍛えるって言った？」

「ああ」

「で、でもでも……」

子犬を鍛える目的もわからないが、それをあの愛らしい子狐たちに任せても、とても鍛錬にはならないのではないかと思ったのだが、やはり彼らも魔の眷属《けんぞく》だったという事実を、真桜は突きつけられることとなる。

……ケ――――ンッ!!

(鳴き声に気合い入りすぎっ)

子狐たちはいつもの愛すべき潤んだ瞳はどこへやら。ぎらぎらと闘争的な眼《まなこ》をし、ううっと一匹が合図のように唸《うな》ったとたん、いっせいに夜叉丸に飛びかかったのである。

……キャンッ。

驚いた夜叉丸は真桜と夜白の周囲を何度か走り回り、簀子縁をだっと駆けると、ついには庭に飛び降りた。子狐たちは闘争心むき出しで夜叉丸を追っていく。

真桜はこめかみをひくつかせながら、夜白にふり返った。

「どうしてあんなことしたのっ?」

「弟ならば、兄にも恥じぬ働きをせねばならぬ。下僕より弱くては話にならぬであろう」

「弱い者はいたわらなきゃっ」

「だからこそ鍛えて強くしてやるのだ」

真顔で答えるものだから、始末が悪い。

「それよりも弟の《夜叉丸》負担を軽くしてやるためにも、そなたと私は一刻も早う婚儀をあげて皇太子をもうけねばならぬ。奥手のそなたを鍛えるほうが、私にとっては難題だ」

「もう知らないっ。皇太子は夜叉丸よっ。夜叉丸にしときなさいっ」

真桜がやけっぱちでそう叫ぶと、庭に咲く怨み水仙の蕾が突然ぱかっと開花して、

――モウ知ラナイッ！

弘鬼殿の周辺ではしばしこの合唱がやまなかった。

❖

先日の出来事は早速瓦版に大々的に書き立てられ、昼下がりの弘鬼殿からは、真桜の怒りの声があがる。

「はあ!?『……閻魔大王が子犬を虐待するさま――それはもう、あの昨年城下を恐怖におとしいれた牛鬼のようであったという。大王はさらに子犬から生き血を絞り取ると、真桜姫との房事のさなかに彼女の裸体に塗り、舐めるという奇行にもおよび……』……って、いやぁぁっ、なんなのよ、この気持ち悪い記事！」

真桜は『八雲実話』をびりびりに破いた。――が、すぐにはっとなって、もうしわけなさそうに庭のほうをふり返る。庭には夕羅がかしこまっていた。

「ご、ごめんなさい。あなたがせっかく買ってきたものなのに……」

城下に出回っていた瓦版の内容があまりにも衝撃的だったものだから、夕羅が事実を確かめ

にやってきたのである。

「いえ、事実でなくて安心いたしました。やはり作り事でしたか」

「子犬で彼を更生しようとしたけど、失敗しただけ。生き血なんて絞ってないわよ」

夜叉丸は無事である。とはいえ、八匹の子狐たちに鍛えられ、城内を駆け回り、夕方頃、へとへとになって真桜のもとに戻ってくる毎日だ。

（……作り話もいいとこよ。とくに最後のほうなんて）

かろうじて事実に即しているのは、「舐める」という言葉だけだろうか。真桜はこの前夜白に舐められた頬をさすりながら、顔を赤らめた。

「瓦版の情報というものは、口から口に伝わった城内の出来事が、まったく内部事情を知らない城下の民の耳に入り、それから、やっと書き手のもとに届くのでしょう。事実とずれが生じるのは当然です。その上、ああいった者たちは読み手の興味を引きたくて、面白おかしく演出するものですから」

だが、ネタにされた当人は面白くもおかしくもない。

「主上はよくこんなインチキ記事を書く瓦版を放置してるわよね」

これを読んだら、暴君でなくとも、瓦版屋を断罪しそうなものだが。

「近臣が妖ばかりでは、人が暮らす城下の現状などご存じないのではありませんか。妖たちも、さすがにここまで空言の内容では、主上に見せもしませんでしょう。かえって自身が不興を買うようなものですから」

（……城下の現状かあ）

真桜は次の作戦を漠然と考えながら、なんとなく左手の指輪に目をやり、

「──あれ？」

とすっとんきょうな声を上げた。

「いかがしました」

「指輪の石が透明に戻りかけてるの。ずっと濁ってたんだけど。もしかして濁ってたのって、召喚のせいかな」

「……私に見せていただけますか」

「いいわよ」

真桜は快く返事すると、立ちあがって簀子縁まで行き、庭に続く数段の階を降りた。

そこにひざまずく夕羅に左手を差しだしたのだが、

「きゃっ」

思いがけず、彼がその手に触れてきたものだから、さっと引いてしまった。

「姫……」

「ご、ごめん。なんか予想外だったから、びっくりして」

だが、むしろ夕羅のほうが頭を垂れ、彼女に深く詫《わ》びる。

「咎《とが》は私にございます。最初の夜にあなたをさらってから、なにやら同志のような感情を密《ひそ》かに抱いておりました。しかし、そうでしたね……姫は主上の想い人。たとえあなた自身の想いがどうあれ、私が気安く触れてはいけないお方なのです」

「そ、そんなことないですって」

真桜は恋しているわけでもないのに、どぎまぎした。なんだか身分違いの青年に秘めた想いを打ちあけられる姫様のような心地になったのだ。

照れ隠しで、夕羅にもう一度左手を差しだす。

「ほ、ほら、大丈夫だから。もっと触って、触って」

女子高生が男性にお触りをうながすのもどうかと思った。夜白が目撃したら、まちがいなく激怒しそうな光景だ。

しかし、夕羅は真桜に触れることなく小さく会釈をすると、庭を走り去っていく。どうやら真桜を訪ねてきた者がいるらしい。

真桜が階を上がると、簀子縁を夜白が歩いてきた。螺鈿《らでん》の乱れ箱を手にした女房をひとり引きつれている。

「ああ、真桜、今日《きょう》もそなたが邪悪すぎて、我が身は恐怖に震えているぞ」

そろそろ彼の言う「邪悪」の意味がわかってきた。「綺麗《きれい》」とか「麗しい」と伝えたいらしい。たぶん見る者の心を惑わすから邪悪なのだろう。ちなみに「恐怖に震える」は感動しているという意味だと思う。真桜は徐々に夜白語の変換方法を身につけていた。

「あの、主上、後ろの人……」

「いかがした？」

「だって、それ、ひょっとこの…お面ですよね」

女房はひょっとこの面をかぶって顔を隠している。しかも手もとも絹のミトンをつけて隠しているし、着物の上からでもやたらと骨っぽい体型が浮きでているのだ。

「あれは珠黄にかぶせられてな。気にする必要はないぞ」

「はあ……」

深く詮索《せんさく》しないほうがいいようだ。

「それよりも前々からそなたにと思っていた小袖と打ち掛けが出来上がったのだ。いつまでもその格好でいるわけにもいくまい」

「え…あ……」

この世界に染まってしまいそうで、異世界のものを身につけたくなかった。真桜が返事をためらっていると、夜白は乱れ箱から深紅の打ち掛けを取りだし、背後に回ってくる。

「さあ……」

そっと肩にかけられ、しかし袖に手を通さぬうちに、夜白の腕にするりと囲われ、真桜は抱きすくめられていたのだった。

「お、主上……？」

真桜の声はうわずった。身体がかちこちに固まってしまう。

「夜白でよい」

「そ、そ、その…似合うかどうか見ていただけないのです…か」

「夢の深淵《しんえん》で、私はもう幾度となく見たさ。これをまとったそなたをな」

「そ、そうですか」

「そのたびに邪念のままに脱がせもした」

（……わぁぁぁ、消え去れっ、夜白の邪念！）

だが、真桜の必死な願いとは裏腹に、夜白の腕が彼女を欲しがるようにやわりと締め付けてくる。

「真桜……」

「は、はい？」

「そろそろ、唇ぐらいは許してくれぬか」

「……っ」

「私は早うそなたの息の根を止めたくてたまらないのだ」

（……も、もしかして、彼にとって「息の根を止める」ってキスのこと）

わかったところで、受け入れることはできない。だいたい結婚を前提に召喚をしているのだから、唇を許してしまったら、勢いで夜白がそれ以上の行為に及ぼうとするのは、容易に想像がつく展開である。

「も、もうちょっとだけ待ってもらえますか……」

「待てば待つほど、私はみだらな魔獣と化して、そなたを夜通し残忍にむさぼってしまうかもしれぬ。それでもよいのか」

（……そ、それも困る）

真桜は首をそっとねじ向け、夜白の背後で乱れ箱を手にしたまま、まるで置物のように微動だにしないひょっとこ面の女房を見やった。

「お、主上、あちらの女房が」

「夜白でよいと」

「や、夜白さま、は、恥ずかしいですよ。ほら、彼女の目もございますし」

「気にするな。あやつに目玉はない」

（……よけい気になるわよ！）

だが、背後をふり返ってしまったのは失策だった。真桜の唇を見てしまった夜白はもうこらえることができなくなったらしい。

「拒むくせに、私に朱の誘惑をちらつかせるとは、罪深きおなごめ……」

そう言って、覆いかぶさるように顔が近づき、

（……やっ、そんなつもりじゃっ）

初めてなのにっ——真桜は顔をそむけようとしたが、頬に添えられた彼の手が、許してくれない。

……がさっ。

（……え？）

昼がふれ合うより先に、足の甲に虫のようなものがうごめく気配を感じとって、真桜はぞわりと悪寒がした。

「きゃあ！」

「真桜？」

「足に……足に……なにかがっ」

「足？」

夜白がすかさず真桜の足もとにしゃがんで確かめる。

「なんだ、織子ではないか」

（……オリコ？）

なんだろう、と夜白の手のひらにのっているものを見た真桜は、ひえっと身震いした。子どもの手の大きさほどはある不気味な赤と黒の縞模様の蜘蛛だったのだ。

夜白が蜘蛛を簀子縁の端に放してやると、珍しい深紅の糸を吐きながら、庭へするすると下りていく。気味は悪いが、おかげで唇を奪われる危険からは逃れることができた。真桜は密かに蜘蛛にありがとうと感謝する。

しゃがんだままの夜白が、ふいに真桜の打ち掛けの裾を手にとり、声を上げた。

「……ん？　ああ、なんということだ」

「どうかしたんですか」

「裾がほつれている。織子め、あれほど丁寧にせよと申しつけたのに、織りを怠ったな」

「あの蜘蛛と打ち掛けとどういう関係なんでしょう？」

「知りたいか。たとえ大叫喚《だいきょうかん》地獄《じごく》の獄卒《ごくそつ》に口を割かれようとも真桜には言うなと、珠黄に止められてはいるのだが」

「……だったら遠慮します」

気のせいか、この打ち掛けを着ていると、虫が体中を這い回るようにぞわぞわしてきた。

「繕い直させねばならぬな。悠長にはしていられぬ」

「そ、そんなに急がなくてもいいですよ」

「いや、十日後の閻魔祭までには間に合わせたい。せっかくの祝い事だ。そなたには邪悪なほどに着飾ってほしいのだ」

「閻魔祭!?」

「なにをそんなに驚く？」

「あ…いえ」

闇魔は巷《ちまた》だけのあだ名で、てっきり夜白は知らないものと思っていたのだ。まさか本人公認のあだ名だとは。しかも祭にまでしている。

「十年前、一度は敵国軍によって陥落しかけた都を奪還した日を祝っての祭だ。もともとは回天祭と呼んでいたのだが、数年前から闇魔祭と名を改めたのだ」

「祭って、どこで行われるのですか」

「城内だ。三日三晩不眠不休で、下僕たちとともに無礼講で祝う。ああ、城下の民は民で、我々とは別に町中で催しを行っているようだがな」

(……これだわ！)

真桜は新たな夜白更生作戦をぴんと閃《ひらめ》いた。

「あのぅ、夜白さま、お願いがあるのですが……」

参、閻魔祭《えんまさい》にご用心

いよいよ閻魔祭当日の朝――。

……ドーンッ！

(な、なに？)

子狐《こぎつね》が化ける水干少年たちに身支度を整えてもらっていた真桜《まお》は、城内に轟《とどろ》く大砲のような音にびっくりし、簀子縁《すのこえん》まで行って外のようすを確かめる。ふたたび「ドーンッ！」と大きな音がして、明るい空にくっきりと火の輪のような花火が上がった。

「この世界にも花火があるんだ……」

だが、次に打ち上げられたものをよく見てみると、それは火焔《かえん》に包まれた大きな木製の車輪だった。中心には鬼のようないかつい顔がついている。車輪が一番上まで上がったとき、輪っかにしがみつく鬼火《おにび》がいっせいに散るので、花火がはじけているように見えるのだ。

「あれは輪入道《わにゅうどう》だよ」

と言いながら、紅羽《くれは》が舞い降りてきた。腰に巻いた羽根飾りがいつもの黒一色ではなく、様々な鳥のものを組み合わせたカラフルなもので、いかにも祭らしいよそおいだ。

「あいつは獄卒《ごくそつ》でね。いつもは受刑者を引き回したりとか鬱屈《うっくつ》した仕事が多いから、祭の日ぐらいは花形の仕事を任されてるのさ」

そういえば、打ち上がったときの輪入道の顔はなんだか嬉《うれ》しそうだ。ちなみにドーンという音は輪入道が地面を蹴《け》っているときの地響きだとか。

（……というか、あたし、この世界に慣れてきちゃってる？）

真桜は召喚当初よりも妖《あやかし》たちに動じなくなっている自分に気づいた。あの嬉しそうな輪入道も、夜白が暴君を返上すれば、元の世界に帰され、ふたたび封印状態になってしまうのだろうか——今はそれもちょっと微妙な気分で受けとってしまう。

と、そこへ、珠黄《たまき》が簀子縁を歩いてやってきた。彼もまた晴れ着なのか、いつもより鮮やかな黄色の直衣《のうし》を着ている。ひょっとこ面の女房も一緒だった。

「先日は失礼いたしました。織子《おりこ》たちには検品を怠らぬよう申しつけておきましたので」

そう言って、女房に持たせていた乱れ箱を受けとり、真桜に差しだす。中には繕い直しを終えた件《くだん》の打ち掛けがたたんであった。

「わたくしからで申しわけございません。主上《おかみ》が手ずからとお望みだったのですが、急を要する政務が入ってしまいましてね」

ちっと紅羽が不服そうに舌を打つ。

「せっかくの無礼講祭なのに、主上は不在かよ。右ノ大臣《うのおとど》ともなれば、主上ぐらいしか無礼ができる相手がいねえのに」

「どうせあなたはいつも無礼でしょうに」

珠黄が皮肉たっぷりに言う。それから真桜に向かっては小声で、

「主上は例のお約束には必ず同坐《どうざ》するとおっしゃっておりましたのでご安心を」

「お願いします」

「ああ、そうだ。せっかくですから姫も色々とご参加なさってはいかがですか。この三日間だけは〈外ノ宮〉と〈内ノ宮〉との行き来が自由になりますし」

宮城は外ノ宮と内ノ宮に分かれている。まずは外壁に囲まれた区画を外ノ宮と呼び――ここは行政機関や公的儀式の殿舎がもうけられていた。そして外ノ宮の敷地内のやや北寄りに、さらにもう一周、壁で囲われた区画があり、ここを内ノ宮と呼んだ――帝《みかど》の私的な居住空間であり、真桜が暮らす弘鬼殿《こきでん》もこの敷地内にある。

「おすすめは刑部省《ぎょうぶしょう》が主催する〈我慢大会〉です。人気の催しでね。わたくしも毎年参加させていただいているのですよ」

「あ、知ってる。それって暖房がんがんつけて、厚着して、熱い食べもの食べて、だれが一番我慢できるかって大会でしょう?」

「いいえ。わたくしの拷問にどれだけ耐えられるかを競う大会です。笞責《むちぜ》め、水責め、火責め。意外ですが、頑丈そうな者には、くすぐりや言葉責めのほうが効果があったりするのですよ。

今年は何人失神せずに我慢してくれますかねえ。ふふふ。姫もぜひ応援に……」

「……か、陰ながらの応援にしておくわ」

一方紅羽のおすすめの催しものは、

「外ノ宮の特設舞台では雅楽寮主催の〈演奏会〉があるぜ。俺《おれ》も相棒《カラス》たちと黒羽の舞を披露する予定さ。女官たちの黄色い声援が今から楽しみだ」

「演奏会かぁ。それなら大丈夫そう」

「そうそう。毎年、付喪《つくも》楽器三兄弟の新曲発表会があってね。たしか新曲の題は『早起きしたら三文拾ったけど、帰りに山賊と鉢合わせしたよ。これって得なのかな』だっけな」

「……とりあえず、『損』だと答えておくわ」

さらにはこんな催しもあるそうで、

「陰寿殿《いんじゅでん》では〈幽霊屋敷〉をやってますよ。こちらも恐怖満点で大人気です」

「え？　同類でしょ。怖くないんじゃ」

「いえいえ。幽霊はまったくの別もの。人の魂というものは、まれに妖気《ようき》を得て妖魔《ようま》に転身するものもいるのですが、基本、この世にはとどまれないのです。ところが幽霊は妖気も得てないのに、人の魂のままこの世にとどまっている。妖気に匹敵する強い怨念《おんねん》を持っているからですよ。我々が太刀《たち》打ちできる存在ではございません、ああ、恐ろしや」

珠黄はしっぽの毛を逆立てながら、ぶるりと震えた。幽霊屋敷は衛府に属する下級衛兵たちの主催だそうだ。下級衛兵の大半は人で、つまりは人が妖を脅かすことになる。普段こき使われているぶん、いい鬱憤《うっぷん》晴らしになっているのかもしれない。

「他《ほか》にも——鼓吹司の化け狸《だぬき》が一匹百役を徹夜で演じる芝居小屋〈狸寝入らず〉、氷室守《ひむろもり》の雪《ゆき》女郎《じょろう》が主催する極寒体験〈凍死迷路〉、内膳司が主催する小豆《あずき》洗いと豆腐小僧の健康茶屋〈豆々庵〉、闇妖寮《あんようりょう》主催の天ノ邪鬼大先生による逆のことしか言わないので信じなかったら絶対に当たる占いの館《やかた》〈あべこべ天命館〉など——お好きな催しものにお立ち寄りください」

（……文化祭みたい）

ちょっとだけ楽しそうと思ってしまった真桜だった。

❖

そして闇魔祭もついに三日目の最終日。

外ノ宮の正庁である宵堂院前の広場では、卒塔婆《そとば》や蜘蛛《くも》の巣、大蛇の張りぼてなどが飾りつけられ、各省庁が営む出店が所狭しと並んで、妖気な賑《にぎ》わいを見せている。

「骸骨《がいこつ》人形はいらんかね～。夜中に動きだすので、独り者の寂しいあんたにおすすめだよ～」

「稲荷《いなり》狐出店のおみくじ《フォーチュン》入り稲荷寿司。大吉が出たら、もうひとつおまけにあげちゃうよっ」

妖店主たちの呼び声が飛びかう中、清常《きよつね》ら衛士たちの先導で、店の前を通りすぎていく珍しい団体客に、店主たちの視線はいっせいに注がれた。男たちは直垂《ひたたれ》に括袴《くくりばかま》、女たちは小袖《こそで》に短い丈の裳袴《もばかま》と、城下の庶民たちによく見られる格好をしている。

――あれは城下の民ではないのかえ。城に民が来るのは初めてだのう。

――なんでも真桜姫のたっての願いで主上がお招きになったそうだ。

招かれたのは、城下より選抜された老若男女十数名。妖たちの好奇の視線にさらされ、城下の民がびくびくと身を寄せ合いながら歩いていると、そのうちの若い男の前に、突然割り込んできた小袖の女が、棒付きの飴《あめ》を差しだした。

「兄さん、飴はいらんかい?」

女が美しかったものだから、男は「はあ…」と、ついつい受けとってしまったのだが、飴を見て、ぎょっとなった。生々しい目玉の形をしていたのだ。

「ふふ、本物の飴玉だから安心して舐《な》めな。いい男にはただでやるのさ。そのかわり……」

女の赤い唇から、ふいに二尺ほどはある長い舌が出て、男の目玉をべろりと舐める。

「いい舌触りじゃないか。やっぱり若い男の目玉はいいねえ、ふふふ……」

女はご満悦そうに去っていった。引きつった顔で立ちすくむ男の肩をぽんぽんとだれかが叩《たた》き、耳もとで優しく慰めてくれた。

「気にすんな。舐め女は舐めるだけで害はねえ。わしなんてこんなに舐めがいのある目を持ってるってのに、一度も舐めてもらったことがねえんだよ」

ふり返った男はひっと息を呑《の》んだ。一緒にいた城下の民も凍り付く。声の主は巨大な一つ目を持つ大入道だったのだ。彼らがそのまま一歩も動けないでいると、前方から珠黄がやってきて、にこやかに迎えの挨拶《あいさつ》をした。

「本日はお忙しいところ、茶会にお越しいただきまして、まことにありがとうございます。内ノ宮で主上と姫さまが、皆さまを首を長くしてお待ちです。さ、こちらへどうぞ」

❖

内ノ宮でもとりわけ紅葉の色が鮮やかな中庭に茶会の席はもうけられた。その正面に立つ殿舎の廂《ひさし》の間《ま》に、夜白《やしろ》と、打ち掛けをまとった真桜は並んで腰を下ろし、手前には薄絹の幕が下ろされている。

音楽担当はもちろん付喪楽器三兄弟。

――やぁん、晴れ舞台、嬉しおす。うふふ。

――今年の新曲発表も大盛況やったしねぇ。

――人間はんにも喜んでもらえますやろか。

ただし彼らは几帳《きちょう》で囲われ、不気味な姿が客人からは見えないようにされていた。その他の接待係もできるだけ見た目の衝撃度が少ない妖たちを選んでいる。

夜白は薄絹から透ける庭をのぞいては客人の到着を待ちかねていた。

「どのような下僕が来るか、楽しみであるな」

「主上、下僕じゃありません。大事なお客さまですよ」

真桜が小声でたしなめる。

「だから下僕なのだが」

「大事なのに、下僕なのですか」

「むしろ大事でない者を、下僕にする必要があるのか」

「まあ、たしかに……」

と、うっかり言いくるめられそうになった真桜だが、

「だ、駄目です」

「心配しなくても、そなたも同じように大事と思っている」

「そういう意味で言ってるんじゃ……」

しかし、夜白はなにやら考え直したようで、

「ん……やはり大事とは違うな」

「なにが違うんです？」

「いや。だれもかれも同じように大事と言ってしまっては、そなたに申しわけないような気がして」

(……むしろ勝手に召喚したことを申しわけないと思ってくれないかしら)

「珠黄に諫《いさ》められたのだ。真桜をもっと思いやれと。だったら、そなたへの気持ちをただの大事という言葉で片付けてしまうわけにはいかぬ。そうだな……」

　真桜にとってはどうでもいいことだったが、夜白は手にしていた扇の先をあごに添えると、まじめに思いを巡らせはじめる。――そして、ふっと笑顔を真桜に向け、

「……愛《いと》おしい」

「は?」

「そうだ。私にとって、そなたは愛おしいのだ」

「………」

「どうした?　なにをそんなに驚いた顔をしている?」

　驚くに決まっている。この人の口から、まともな愛情表現が飛びだしたのだから。

「思い出したのだ。生前の父が私によくこう言ってくれたことを」

「お父さまが?」

「ああ。おとなしくて、あまり自分を表に出さない人だったがな。愛情だけは私に惜しみなく注いでくれた。愛おしいと言いながら、私を思いきり抱きしめてくれた。そのたびに涙が溢《あふ》れそうなほどに我が心の臓が締め付けられ、臓腑《ぞうふ》が熱くなった。だから、そなたにも同じ言葉をかければ、あのときの私と同じ気持ちになってくれるのではと……」

「そ、そうですか……」

　真桜はふいと横を向いてしまった。

「気に入らぬのか？」

「い、いいえ、べ、べつに」

　頬《ほお》が熱い。「愛おしい」に照れているのではない。父親の話をしてくれたときの夜白の笑みは、これ以上ないくらいに優しくて、とても暴君には見えず、真桜の胸がうっかりときめきのような高鳴りを覚えてしまったのだ。

「私はそなたが愛おしい」

　二度目の「愛おしい」だった。むしろ彼自身が気に入ったのだろう。亡き父親とのいい思い出がこの言葉には詰まっているのかもしれない。

「愛おしい」

　真桜の反応を求めるように、彼女の耳もとで三度目。

（さ、さすがにしつこいってば……っ）

　真桜はそむけていた顔を、くるりとねじ向け、彼を睨《にら》みつける。

「もういいです」

「やはり気に入らぬか」

「いえ、そうじゃなくて……あんまりくり返されると、そのぅ、安っぽいというか、嘘《うそ》っぽいというか、とにかく中身がないように聞こえてくるじゃないですか。だから、その言葉はここぞというときに、使ったほうがいいと思います」

「ここぞというときか。なるほど……さて、いつにしたものか」

夜白はそのときがまだぴんと来ないようだった。もちろん真桜にもわからない。

ただ、ひとつだけ確実に言えることがあった。

彼の本気の「愛おしい」を受け止めるのは、きっと自分ではないはずだと。

（……そう。他のだれか）

夜白が暴君を卒業して、真桜が元の世界に戻り、そして、いつか彼の前に本当に后《きさき》にふさわしい女性が現れたら、その人に向かって思いきり言えばいい。

「あたしには……邪悪とかでいいですよ。いつものとおりで」

真桜はそう言った。実際、自分は邪悪の端くれかもしれないと思っていた。なにせ彼の気持ちを利用して、更生させようとしているのだから。

「いいのか？」

夜白は真桜をじっと見た。まるで本心を探るかのような視線だったので、真桜はまた彼から顔をそむけてしまう。

（もうっ、なんなのよ……）

どうしてこんなに気持ちが落ち着かないのだろう。早くこの状況が変わらないかしらと思っていると、いいタイミングで珠黄が簀子縁を歩いてきて、薄幕の向こうにかしこまる。

「皆さま、ご到着なされました」

ほどなくして衛士たちに連れられ、城下の民が茶会の席に入ってきた。宮城に招かれるなど、本来なら名誉この上ないことなのに、彼らはまるで奉行さまに裁かれるべく、お白州に引っ立てられてきた罪人のような蒼白《そうはく》な面もちである。

彼らが庭に敷かれた緋毛氈《ひもうせん》に着座すると、珠黄が夜白へ幕越しに囁《ささや》いた。

「主上、彼らへのお言葉を」

「うむ。よう参った。下僕ども。そなたたちの勇気ある登城に、我の血は奈落の刑場の血池のごとく熱くたぎっておるぞ」

(あちゃ…早速夜白語の連発だわ)

城下の民が怯《おび》えたようにざわついたので、真桜が慌てて愛想たっぷりに通訳する。

「み、皆さーん。よくいらっしゃいました。お忙しいところ、快く来てくださったので、とってもわくわくしてますすと、主上はおっしゃってまーす」

「閻魔祭は無礼講だ。そなたたちも存分に阿鼻叫喚《あびきょうかん》せよ。欲望のままに獲物を食らい、般若の水を浴びて、五臓がはじけて、行き倒れのごとくなってみせよ」

「閻魔祭は無礼講でーす。わいわい騒いでも大丈夫。出店で好きなだけ食べて、酒を浴びるほど呑んで、動けないくらい満腹になってくださいって、主上はおっしゃってまーす」

するると客人たちのざわめきもどうにか収まり、やれやれと真桜が冷や汗を拭《ぬぐ》うと、夜白が気づかうように彼女の顔をのぞき込み、

「どうした、真桜、もう疲れているのか」

（あなたのせいでしょうがっ！）

そんな波乱の幕開けの茶会だったが、その後はつつがなく進行した。出されたお茶も茶菓子も、最初は毒でも入っているのではと、口にするのをためらっていた民たちだったが、ひとりが怖々菓子の端っこをかじって「……城下のよりうまい」とつぶやいたのをきっかけに、皆、ようやく手をつけはじめる。

（……ホントだ。見た目はともかく、おいしい）

黒い天目皿には、髑髏《どくろ》をかたどった練り切りの和菓子——たしかに手をつけるには勇気が必要だったが、口にしてみると、食べたことのない上品な甘さが舌に広がり、危険なほど虜《とりこ》になりそうだ。さすが小豆洗いが豆選びから企画しただけのことはある。

が、菓子に舌鼓を打っているばあいではなかった。茶会は城下の民と夜白とを引き合わせる口実にすぎない。真桜はいよいよ本題にとりかかろうと、夜白にそっと声をかける。

「……主上、そろそろですよ」

夜白は「ああ、そうだったな」とうなずくと、客人たちに呼びかけた。

「下僕どもよ、城下の生活はどうであるか」

茶席がまたざわついた。なにをどう答えればよいものか、連れの者たちとひそひそと話し合っているようである。

「臓腑を吐きだすごとく申せ。この世界に来てまもない真桜が、そなたたちの暮らしぶりをぜひとも知りたいと所望しているのだ」

「え、遠慮のない皆さんのお話を聞かせてもらえばと思ってまーす」

真桜がすかさず明るいフォローを入れる。

実はこれが真桜の第二の夜白更生計画だった。

真桜が城下の話を聞きたいという名目だが、本当は夜白に聞かせるつもりで、彼らを城に招いてもらったのだ。

（わかり合うには、やっぱり対話よね。話し合いよ）

真桜が属する『弁論部』では討論会がよく行われる。最初は自分の主張を通すことだけに懸命だった部員たちも、話し合いが終わる頃《ころ》には、議題を超えて互いを認め合うという美しい友情を育んでいるのだ。これは使える。

夜白は妖だらけの環境で過ごしてきたせいで、きっと民との対話が足りていないのだろう。ならば、まずは城下の民の話を直に聞かせ、夜白が民に興味を持ったところで、真桜が彼を城下へお忍びに誘う。そしてそこで民とさらなる交流を深めた彼は、人間への慈しみを取りもどし、現在の妖偏重の施政方針を改める――というのが今回の筋書きだった。

（……さあ、話してちょうだい。言葉という武器で帝にぶつかってちょうだい）

真桜が待ちかまえていると、まずは中年の男がぼそりと言った。

「はあ……毎日普通に暮らしております……」

「まあ、普通ですって。主上、この世界の普通ってどんなものなんでしょう」

すると、その隣の中年女が遠慮がちに言う。

「私も平凡に暮らしておりますが……」

「主上、実は平凡が一番難しいんですよ。これからの生活の参考にされてみては」

さらには、次の者も、そのまた次の者も――、

「な、並みの生活を送れて満足しております」

「ありふれて、とても姫さまに聞いてもらえるような生活では」

「恥ずかしいくらいに変哲もない毎日でございます」

もう嫌がらせじゃないかと思うほど、だれもかれも無難すぎる答えしか返してこない。

夜白が退屈したのか、開いた扇で口もとを隠すと、あくびをかみ殺していた。

（まずいわ……）

真桜はもっと具体的なテーマを振ればいいのだと思いつき、話題を絞って彼らに質問することにした。

「あ、あの、最近城下でなにか起こった出来事を教えてもらえません？　た、たとえば、瓦版《かわらばん》

とかで話題になっているような……」

真桜はあえて瓦版と口にした。さすがにこの前の記事は夜白の耳には入れられないが、あれだけ世間を煽《あお》るような内容を書きたてる瓦版なら、もっと他にも夜白の興味を引いてくれるような派手なネタを取りあげているはずだ。

「か、河童《かっぱ》の木乃伊《ミイラ》とか、天狗《てんぐ》の頭蓋骨《ずがいこつ》とか、そんな話題、ありませんか?」

「真桜、それなら生きたものを城内で見ることができるぞ」

(……そ、そうでした)

ああ、この計画も失敗かと、諦《あきら》めかけたそのときだった。

「……あの」

ひとりの少年がおずおずと口を開いた。年は十歳ぐらいだろうか。客人たちの中では一番若い。肩までの黒髪を後ろでひとつに束ね、少しくたびれた藍《あい》の着物を着ている。

「盗賊が……」

(盗賊ですって? それよ、それっ)

真桜は薄絹の幕から飛びだしそうなほどに身を乗りだした。

「もしかして、城下に盗賊が出るのかしら?」

「城下というか、都の外です。あの…僕の父さんが……人夫をしてて、地方からの貢物を都に運ぶお手伝いをしてるんですが、二回ほど襲われて、それで結局賃金をもらえないことがあって……」

「衛府には届けたの？」

「一回目に襲われたときに届けたそうですけど……」

　二回目もあったということは、盗賊の捜索が進んでいないということだ。真桜は意気込んで夜白のほうを見た。

「盗賊のこと、ご存じでしたか、主上」

「いや……」

　夜白はあまり興味のなさそうな返事だった。だが、これこそ彼を城下に目を向けさせる絶好の話題だ。それに夜白の指示で盗賊事件を解決したとなれば、城下での彼の好感度も上がるはずで、真桜の口調は自然と熱のこもったものになっていく。

「早速、臣下に調査にあたらせてみてはどうでしょう。きっと被害者は、この少年の父親だけではないはず。城下の民にくまなく聞きとれば、もっとくわしいことがわかるのでは」

「……」

「盗賊が一掃されれば、民も主上に感謝しますよ」

「……」

　夜白は無言のまま、かすかに眉間《みけん》に皺《しわ》を寄せ、幕の向こうを睨んでいる。

（え？　もしかして機嫌悪い？）

剣呑《けんのん》な静寂が長々と続いたので、茶会の席の端で警護をしていた清常が、慌てて殿舎の階《きざはし》のたもとまで来ると、膝《ひざ》を地につき、額を白砂にこすりつけた。

「ご、ご不快なお話を、お耳に入れてしまって、ま、まことに申しわけご、ござった。と、盗賊のことに関しましては、我らのほうでただちに調査をしてみるから……っ」

つたない言葉遣いだから、かえって夜白の怒りを買いそうで真桜が冷や冷やしていると、

……ぴしゃっ。

突然、扇を閉じる音が鋭く響き、夜白は立ちあがると、薄絹を乱暴にはね上げて、客人たちの前に姿を見せた。

庭から「ひゃっ」と悲鳴が上がり、彼らはうつむいたり、両目をふさいで、夜白を直に見ないようにする。

「好きにせよ」

夜白は清常を横柄に見下ろしながらそう言った。

「は？」

「もう少し臓腑が滾《たぎ》るような話が聞けるかと思ったがな。なんとも退屈なものばかりではないか。これなら、奈落の亡者たちの悲鳴のほうが、まだ耳に心地がよいというもの」

邪険に言い捨てると、足早に歩き出し、呆然《ぼうぜん》となる客人たちを置き去りに、茶会の席を後にする。

「ま、待って……」

真桜が急いで追い、渡り廊のあたりで呼び止めた。

「主上！」

夜白は立ち止まろうとはしない。なにが気にくわないのか。

「夜白ぉぉ……！」

怒りのあまり、呼び捨てに叫ぶと、彼はまるでそれを待っていたかのように足を止め、ふり返ってくる。ただし笑みはこれっぽっちも浮かべていなかった。

「どういうことっ？　お客さまを放りだして！」

「つまらぬ。だから席を外した。それだけのことだ」

「盗賊よっ。しかもあなたの大事な下僕がそれに悩まされてるの。どこがつまらないっていうのっ」

「では、そなたはあの話を聞いてどう思った？」

「そ、そりゃ、あの子や、あの子の父親が気の毒だなって……」

まさか夜白を更生させる絶好の機会だと思ったとまでは言えない。

「それが答えだ。そなたを断魂の嘆きに追いやるような話、私の耳に入れるに値せぬ」

「はぁぁ!?」

真桜は返す言葉もない。今回の計画の失敗の一番の理由がわかった。「確固たる信念を持った馬鹿者《ばかもの》」に対話の場をもうけても、そもそも聞く耳を持たないのだと。

真桜との話もそこそこに、くるりと背を向け去っていく夜白の薄情さに、ついに真桜の怒りが爆発した。

「こ、こ、こ、このバカ主上め――――っ!!」

我ながらとんでもない罵倒《ばとう》をしてしまい、はっと血の気が引いたが、とうとう夜白はふり返らぬまま、真桜の視界から姿を消したのだった。

❖

そこは外ノ宮――祭の喧騒《けんそう》からはずれた人気《ひとけ》のない殿舎の物陰で、ふたりの老いた衛士がなにやら小声で、つたない言葉を交わしていた。一方は清常、もう一方も、かつて真桜に夜白の更生を懇願した面々のうちのひとりである。

「やれやれ、あの小童、なにを言いだすかと思ったら。こっちは冷や汗ものだな」

「無難な答えしか返すなって、皆には言いふくめておいたはずなのに」

「いったいどこの子どもだな。城下に招く客人はすべて清常殿の手配だったはずだね？」

「たしかに手配はしたが、あの小童は知らん。他の客人がてっきり子連れできたものだと」

「とにかく面倒なことにならぬよう、口止めをしておかんとね」

「ああ。〈あれ〉がわしの手に入るまでは、帝に目をつけられるわけにはいかんでな……」

首をかしげる清常たちを、遠くから冷ややかに見つめるのは衛士姿の夕羅《ゆら》だった。彼はそっとその場をあとにすると、何食わぬ顔で外ノ宮の通用門を抜ける。

そこから南に向かって歩くと、今度は城下の閻魔祭で賑わう大通りに出た。立ちならぶ細工物や飲食の出店を横切り――やってきたのは、とある仮設の芝居小屋。そこの入り口に人待ち風情でたたずむ少年が、夕羅の姿を見つけるや、笑顔で駆けよってくる。あの盗賊の話をした少年だった。

「あれでよかったの？」

「ああ。悪いね。初対面の君にこんなことをお願いして。怖くなかったかい？」

「ん…まあね。でも旅が多いと、山賊に襲われかけたりなんてざらだし、あいつらに比べたら城の妖怪《ようかい》のほうがずっとましかも。それにさ……」

と、少年が報酬を要求するように手を差しだせば、夕羅は数枚の小銭を握らせる。少年はまいどありっと芝居がかった口調で、小銭を懐にしまった。

「これがもらえるんなら、多少怖いのも我慢できるって」

「それよりも君も早く元の姿に戻ったほうがいい」

「あ、そうか。たしか本当は他の男の子が参加するはずだったんだっけ。具合が悪くなったから、あたしに代役頼んできたんでしょ。やっぱ女の子ってばれるとまずいわけ？」

この少年、いや、少女にはそう言いくるめて客人の中にまぎれ込ませた。異性に扮装させたのは、あとで身元が割れにくいようにするためだ。

「他の衛士には見つからないようにな」

「大丈夫。もううちも、ここでの芝居はしまいで、日暮れまでには都を出るの」

少女は芝居小屋をふり返った。一座の一員らしき若い男が入り口の看板を取り外し、荷台に積んでいるところだった。

「そうか。気をつけて」

「うん。じゃあね。来年の閻魔祭にまた来るから、そのときは芝居を見に来てよ」

そう言って、手を振り、芝居小屋の中へ戻っていく少女を見送りながら、夕羅は思った。

……来年の閻魔祭ははたしてあるだろうか、と。

❖

閻魔祭も無事（?）に終わって二日後の夜——真桜の部屋に新しい瓦版が石をくるんで放り込まれた。おそらく夕羅が持ってきたのだろう。あいかわらずというか、以前より輪をかけてひどい内容だった。

――我々は閻魔の茶会に出席した甲さんの証言をとることに成功。〈本当に寿命が縮む思いでした。閻魔大王は私たちに太刀を突きつけ、「茶を飲まねば、殺す」と脅してきたんです。それで怖々飲んだら、なんだから帰り道気分が悪くなって……〉。

――さらには同席の乙さんにも話を聞くことができた。〈ええ、ええ、もう、私たちが城内に入ったとたん、妖たちがわっと寄ってきて、生きた心地がしませんでしたよ。男の人が妖に目を舐められてね。その後、目が見えなくなったって〉。

――丙さんも重い口を開き、取材に応じてくれた。〈招かれた中に子どもがいたはずですけど、私たちが城を出たときには、いなくなってました。まさか閻魔大王の餌食《えじき》に……〉。

真桜は灯台の明かりで『八雲真実』に目を通しながら頭を抱える。

しかも今回は付録付きだった。瓦版の左隅には天女のような絵が描かれていて、四角い切り取り線で囲まれている。お守りらしい。『イツキ様御影、大王に出会ったときでも、これを携帯していれば、災難を避けられる』との説明書きが――。

もはや夜白は悪霊並みの評価である。

だが、今回ばかりは真桜も夜白に同情できなかった。

(どういうことよ……)

あの少年の勇気ある告白を、彼は袖にした。盗賊に貢物を強奪されているのを見過ごそうというのだ。国財として治められるべきものを奪われながら、対処しようとしないなんて、暴君どころか、ただの暗君ではないか。

もう我慢できない。瓦版を読んで、なおさら向かっ腹がたってきた真桜は、すっくと立ちあがった。向かうは夜白がいる青妖殿《せいようでん》だ。彼にもう一度盗賊退治を進言するつもりだった。

簀子縁に出ようとすると、部屋の隅で眠っていた子犬の夜叉丸《やしゃまる》が起きだし、真桜に身体《からだ》をすりよせる。「いいのよ、寝ていて」と真桜は言ったが、くぅんと鼻を鳴らしてどうしても離れないので、夜叉丸を抱いて青妖殿に向かった。

青妖殿は帝の日常の居所だ。真桜の暮らす弘鬼殿の南方面から延びる長い渡り廊を渡った先にある。

真っ暗な渡り廊を欄干だけを頼りに歩いていた真桜は、ふと妙なことに気づいた。

いつもならどこにいても一日中聞こえてくるはずの付喪楽器三兄弟の演奏が、まるで聞こえてこないのだ。

夜が更けると響きだす妖の奇声や草むらをうごめく音も、今夜は一切しない。静かすぎる。

(……おかしいわね)

いぶかりつつも、青妖殿にたどり着いたとき、真桜はひそやかな声を聞きとった。

声は殿舎の南――正面側から聞こえてくる。忍び足で声をたどっていくと、庭へと下りる階に腰を下ろす夜白の後ろ姿が見えた。

八匹の子狐たちを周囲にはべらせ、彼はなにやらぶつぶつひとりごちているのだ。

「……ああ、ぶちのめしたい、なぶりたい、痛めつけたい、わめかせたい……ぶつぶつ」

（や、やばい人かも……）

その声は恨めしげで、怖くなってきた真桜は、やっぱり戻ろうと回れ右をしたのだが、かすかな物音に気づいた子狐がケンッと鳴き、彼女の存在を知らせてしまった。

ふり返った夜白は、恨めしげだった表情を慌てて笑みにすり替える。

「……あ、ひ、姫じゃなくて、真桜」

立ちあがると、簀子縁に立ちすくむ真桜に近づいてきた。

「いかがした、こんな遅くに」

「い、いえ、あの、その……」

一言もの申すつもりだったのが、先ほどの異様な独白を耳にしてしまっては、威勢も萎《な》えてしまった。戻る言いわけを考えて口をもごもごさせていると、夜白はああそうかと気づいたように、夜空を見上げた。

「そういえば、今夜はふたつの月がともに新月であったな。もしや暗いのが怖くて寝付けぬのか？」

「べつに眠れないわけじゃあ……んん？」

真桜は目の前の夜白に違和感を覚えた。

「……変だわ」

「え？」

「あの人がそんなまともな言いかたをするはずないもの――『暗さが怖くて寝付けぬのか？』ですって？　いいえ、彼ならこう言うはずよ。『闇より出でし恐怖の腕《かいな》が、そなたを眠りの園から引きずり出そうとしているのか』ってね」

とたんに夜白は顔を引きつらせて狼狽《ろうばい》する。

「わわわ……」

「あなた……本当に夜白なの？」

……ワンッ。

夜叉丸が鋭く吠《ほ》え、真桜の腕から飛びだすと、夜白に躍りかかった。顔をふさぐように夜叉丸にしがみつかれた夜白は、わっとのけぞり、後ろに派手な音をたてて倒れる。――と、ぼわんと煙が周囲に立ちこめ、偽夜白の化けの皮がはがれた。

「……おみそれしました、姫……」

「た、珠黄さん!?」

真桜はしゃがみ込むと、しがみつく夜叉丸を引き離し、じっと顔を確かめる。やはり珠黄にまちがいない。彼は「痛《いた》た…」と後頭部をさすりながら起きあがった。

「どうして、あなたが夜白のふりなんかを……」

「えーあー、そ、それはですね……」

珠黄が苦笑いで答えを濁していると、ふいに陽気な笑い声が空から振り、紅羽が羽ばたきながら庭に姿を見せる。

「本物は留守だよ。珠黄《こいつ》はそれをあんたや人間の衛士どもに知られないための身代わりさ」

「留守って、こんな夜にどこに行ったの？」

「お忍びだよ。お・し・の・び」

真桜の感情を煽りたいかのような、含みのある物言いだ。もしかして——。

「女の人のところってこと」

「まあ、姫とは十年もお預けくらってたんだ。主上も男だし。色々とよそに目移りしちまうってこと」

「紅羽！」

珠黄が口をつつしめと叱《しか》るが、彼は聞こえないふりで真桜と話を進める。

「俺が連れていってやろうか、姫」

「え？」

「気になるだろ、主上のお相手」

「き、気になんか……」

むしろ彼の気を惹《ひ》いてくれる女性が他にいるなら、かえって都合がいい——そう思ったはずが、胸の片隅の吹きだまりのようなもやもやが真桜を不快にさせる。

「ま、嫌なら無理強いはしないけど。じゃあな……」

しかし、飛びたとうとする紅羽を、真桜は思い直して引き止めた。

「待ってて」

「なんだよ。行くのか？　行かないのか？」

（そうよ。夜白と他の女の人が会っている現場に踏み込めば……）

彼を不実だとして、拒む口実ができるかもしれない。ひょっとしたら、元の世界に帰してもらえるように話を運べるかもという淡い期待もあった。

「行くわ」

「勇ましい女は嫌いじゃないぜ」

紅羽がひゅうと口笛を吹き、真桜に手を差しだすと、珠黄がさえぎるようにふたりの間に腕を伸ばす。

「姫っ、お考えなおしを」

「ごめん、珠黄さん、あたし本当のことが知りたいの」

真桜はそう言って、紅羽の手をとる。ぐっと力強く引き上げられ、彼女は紅羽に横抱きにされていた。

「紅羽っ、これは主上の命《めい》に反することです。覚悟はできているでしょうね」

「わかってるよ。仕置《しおき》だろ？　楽しいお忍びに同行できず、身代わり待機で悶々《もんもん》としているてめえの憂さ晴らしの相手ぐらい、俺が引き受けてやるっての。――それよりも、姫、上がるぞ。ちゃんと捕まってな」

「ええ」

真桜を抱いた紅羽は夜天に高く舞い上がり、不安そうに見上げる珠黄の視界からたちまち消えた。

❖

（ううっ、さぶ……っ）

地上ではさほど感じなかったが、上空は恐ろしく寒い。真桜ががたがた震えていると、紅羽が耳もとで囁いてくる。

「寒いなら、遠慮せずにもっとしがみついていいぜ」

「い、いいわよ。それよりも、あたしを連れだしてよかったの？　夜白に口止めされてたんでしょ」

だが、紅羽は真桜の問いには答えず、

「へえ、姫もとうとう〈主上〉じゃなく〈夜白〉って呼ぶようになったのか。それじゃあ、俺には抱きついてくれないわけだ」

(え？　やだっ……あたしったら、いつの間に)

指摘されるまで真桜も気づかなかったことだ。あわあわと焦り、そして夜白との仲を否定するように紅羽にぎゅっと力いっぱい抱きつけば、

「く、苦しい。頼むから、もう少しやんわりと……」

「なによっ。遠慮なくって言ったのは、そっちでしょうが」

とはいえ、真桜も寒さはいくぶんマシになったので、抱きついたままでいた。

「い、言っとくけど、夜白って呼んでるのは、そんな意味じゃないわよ。むしろ逆。……主上って呼ぶにふさわしくないから」

「ふさわしくない？」

「だ、だってひどいじゃない。盗賊に困っている人がいるのに、知らんぷりなんて……」

するど紅羽は視線を地上に投げかけ、

「……だったら、下、見てな」

「え？」

うながされ、真桜も見下ろす。ふたりは城下の中心を南北に貫く大路の真上にいた。その大路をあまたの鬼火に照らされた異様な行列が、南に向かって進んでいたのである。よくよく目

をこらせば、その中には、付喪楽器三兄弟も、輪入道も、あのひょっとこ面の女房も——城内でおなじみの面々が揃《そろ》っていて——。

「もしかして、城内が妙に静かだったのって、皆がこれで出払ってたからなの？」

「ああ。百鬼夜行って……城下じゃ言われてるかな」

百鬼夜行——聞いたことはある。妖が真夜中に行列をなして町中を練り歩くことだ。

「まさか、夜白もこの中に？」

すると紅羽は行列を追い越すように夜空を飛び、先頭のほうに真桜の視線を誘導した。妖たちを率いているのは、牛もいないのにひとりでに進む、朱と黒の斑《まだら》模様をした牛車だった。前面にざんばら髪をした巨大な鬼の顔がついている。朧車《おぼろぐるま》というのだと紅羽が教えてくれた。

「あの中に夜白が？　いったいなんの道中？」

「言ったろ。お忍びだって」

だが、あんな恐ろしい顔付きの牛車に乗って、しかも団体さまで女性のもとに忍ぶ男性などいるだろうか。いや、夜白ならありえるかも……と思いつつも、あの百鬼ご一行さまから漂う粛々とした空気は、とても逢《あ》い引きに向かうもののそれとはほど遠い。

紅羽といっしょに上空から一行を追跡していると、やがて彼らは都の出入り口にあたる楼門まで来た。ほどなくして門が開き、彼らは都の外へと出ていく。

（……どこまで行くの？）

一行は都を出ると、さらに南へと向かう。東西に山を望むことができる田畑にはさまれた一本道がしばらく続いた。そのうち周囲の田畑がとぎれ、徐々に草深く、道が曲がりだして見通しが悪くなると、ようやく一行は静かに止まる。と、同時に鬼火がふっと消え、彼らの姿は闇に溶け込んだ。

「見ろよ……」

紅羽があごをしゃくり、一行が立ち止まっている場所よりも、ずっと先のほうを見るようにうながした。南のほうから都方面に向かって点々とした明かりが移動している。ただし、こちらは鬼火ではなく松明《たいまつ》の灯りだ。見えるのは、三台の荷車と十数名の男たち。荷車は布で覆われ、中身はわからないが、こんもりと大きく膨らんでいる。車夫たちが帯刀しているので、大事なものを運搬中なのかもしれない。

と、そのときだ。

（……え？）

突如、うおぉっという雄たけびとともに、草むらに潜んでいた集団が姿を見せた。彼らは斧《おの》や鎖鎌《くさりがま》など物騒な武器を手に手に駆けだし、荷台を急襲しはじめたのである。

「な、なに、あれ」

「盗賊」

「盗賊って……なにを呑気《のんき》にっ」

人数は明らかに盗賊たちのほうが多勢だった。真桜は助けなきゃと言いたげに、紅羽の肩を揺すったが、

「まあ、見てな」

「？」

直後、別方向からも雄たけびが起こったのだ。消えていたはずの夜白ご一行の鬼火がぱっとつき、今度は妖たちが荷車のほうへ駆けだし、盗賊たちを襲いだしたのだった。

まずは付喪楽器三兄弟が我が身をかき鳴らす。

――うちらの真の新曲『夜更かししたら三文落としたけど、ついでに山賊をいてこましてやったよ。これって得だよね』。聴いておくれやす。

と、攻撃的な音階をキーキーと響かせ、盗賊たちの三半規管を狂わせて、足止めすれば、

――わほほほ。やっぱ駆け回るのって最高！

と、輪入道が草むらを縦横無尽に走り回って彼らを蹴散《けち》らし、

――……………！

最後はひょっとこ面の女房が無言で左腕の骨を放り投げて、脳天を直撃。スコーンと小気味よい音をたてて、盗賊たちにとどめをさしていった。

他の妖たちも、殴るわ、蹴るわ、かじるわで、やりたい放題だ。上空にいる真桜からは、しとめられた盗賊たちが次々と大の字になっていくのが見える。

「やったわ！」

「まだだよ」

そうつぶやいた紅羽の声は張りつめていた。まるで真剣勝負を前にするかのように。

「ほら、真打ちの登場だ」

「え？」

ふいに真桜の眼下で草原がざわわと揺れた。一陣の風が東から、すぐに西から、不自然な流れで吹き迷う。

それを待っていたのだろう。今までずっと静観するように止まっていた朧車の鬼の口ががくわっと大きく開き、中から夜白が剣呑な面もちをして下りてきた。

彼の胸もとが淡く光っている。首からぶらさがる――白、黄、赤、緑、黒の五色の大勾玉《おおまがたま》の首飾りが発光しているのである。

「あの勾玉は……？」

「……イツキ」

(なんですって!?　じゃあ……あれが八雲《やくも》の神さまっ？)

民が「イツキさま」とまで崇《あが》め、復活を望んでいたものの正体が、あんな無機物の勾玉だったとは。真桜は言葉もない。

地上では、夜白が不自然な風の動きを追って右へ左へと視線を動かしていた。

それと同時に、彼の左手に五色の光が徐々にたまりはじめる。

「！」

刹那《せつな》、彼の視線がひとつの地点を狙《ねら》い定めるや、右手が袖をはためかせて、そちらへと鋭く振りだされた。

指先から放たれるまぶしい五色の閃光《せんこう》。それが闇《やみ》を貫いて直進し、なにかにぶつかったようにまぶしくはじけると、白い人の形をした影が虚空にぼんやりと輪郭を描き、やがてその場にはっきりと実体を現したのである。

妙齢のぞっとするほど美しい女がたたずんでいた。無雑作に結い上げた黒髪を、花魁《おいらん》のようにたくさんの簪《かんざし》で飾っている。胡蝶《こちょう》柄の黒い着物は背中がのぞくほどに大きく襟抜きをし、縦に四つに断ち切られた裾《すそ》からは、形のよい白い足がちらちらと扇情的に垣間見えた。

「……まさか、あの人が盗賊の親玉？」

「人じゃねえよ。妖だ。蝶化身――常葉《ときわ》」

と、紅羽は言う。

「ま、もともとは別の生き物だったって聞いてるけどな。己の醜さを恥じ、美しさに憧《あこが》れ、追い求めたあげく、妖気を手に入れて、あんな姿になっちまったとか。そしていまだに若さと美《び》貌《ぼう》に執着し、人の血肉を食らうことで、それをたもとうとしているんだ」

言われてみれば、常葉の唇は人の血で染まったように、禍々《まがまが》しい赤さをしている。

「どうして妖が盗賊なんかを……」

「元の世界にいた頃からああだったよ。美しさに固執するあまり、みずから労を費やして獲物を捕らえるなんてみっともないことはしたくないってね。だから、あの美貌でならず者たちを飼い慣らして、糧となる人間を捕らえさせる。ついでに奪った金品で、着物や宝飾品や化粧品まで揃えて、美貌に磨きをかけることもできるんだから一石二鳥ってことか」

つまり彼女の美しさは大勢の人の死の上に成りたっているということだ。そう思うと、あの尋常ならざる妍容《けんよう》が、真桜にはなおのこと空恐ろしく見える。

常葉は夜白の放ったイツキの力で痛手を受けたのか、首はうなだれ、荒い呼吸で肩は大きく上下している。だが、美貌だけは崩したくないのだろう。苦痛に耐えながら、けっして顔を歪《ゆが》めたりはしない。むしろ夜白に婀娜《あだ》な笑みさえ投げかけた。

「久しぶりだねえ。坊や」

「私はもう坊やではない」

夜白がつっけんどんに答えると、常葉の黒目がちな瞳《ひとみ》が男を誘うように潤んだ。

「たしかに……イツキの扱いもずいぶんと達者になったもんだ。だがね、一人前の男というものは、女を虐げたりはしないものさ」

「案ずるな。虐げたりはしない。一瞬で息の根を止めてやる。苦しみや嘆きが、おまえの胸を苛《さいな》むその前にな」

彼の右手が腰の太刀にかかる。

「はぁん、優しいんだね」

常葉の笑みが妖《あや》しく華やいだ。しかし、輪入道ら妖たちが、彼女の動きを牽制《けんせい》するように背後からじわじわと包囲をせばめると、突如、険しい顔をして、

「汚い面がまえで、妾《わらわ》に気安く近づくんじゃないよっ」

彼女の周囲を暴風が渦巻き、多量の鱗粉《りんぷん》が舞い散った。妖たちは鱗粉の毒素をうっかり吸ってしまったのか、うえっうえっとその場で嘔吐《おうと》しはじめる。夜白だけは袖を盾にしてすばやく防御したため、かろうじて難を逃れることができたらしい。

常葉の背に鮮やかな多色の蝶の羽が現れた。鱗粉の光をまとった彼女は、さらに美しさに凄《すご》みが増している。

「まったく、妾の魅力がわからないとは……坊やは坊やのままかい」

「真桜に比べれば、そなたなど醜悪の塊だ」

のろけをつぶやいて、夜白がとどめのための太刀を抜き放つ。

――だが、しかし、
上空の真桜がはっと気づいた。夜白の背後で気を失っていた盗賊が、震える手で側《そば》に落ちていた太刀を拾い、夜白の足もとを狙いすましていたのを。イツキの力に集中する夜白はいまだそのことを察知していない。

「危ないっ！　足！」

真桜が思わず声を出して注意をうながすと、

「――っ！」

夜白はすかさずふり返り、盗賊の手に太刀を浴びせた。だが、彼の注意がそれた隙《すき》を狙い、常葉が羽を羽ばたかせ、夜白に鱗粉を浴びせようとする。夜白はまたも袖で顔を覆って防いだものの、鱗粉がやんだとき、常葉の姿は消えていて――。

夜白はしまったと顔を上げる。常葉は真桜を狙って夜空へと上昇していたのである。すぐさま上空のふたりに向かって叫んだ。

「逃げよ！　真桜！　紅羽！」

「やべっ。逃げるぜっ、お姫さま」

「でも、夜白がっ」

「大丈夫。あいつにはイツキの力がある」

紅羽はそう言うと、逃げる前に一度大きく翼を羽ばたかせた。巻き起こった暴風が多量の黒い羽を舞い散らせ、常葉の視界を惑わせようとしたのだが、

「はっ、どいつもこいつも坊やだねっ！」

あざけるような常葉の声がし、黒い羽の目くらましを突き抜けて、なにやら白い縄に似た物体が紅羽たちのほうへ高速で飛んできた。それは逃げようとする紅羽の背後からしゅるりと首

に巻きつき、彼を引き止める。

「なっ」

黒い羽が方々へと散ると、長々とした白い縄は常葉の投げだされた右手につながっているのがわかった。彼女の指から生じた五本の白い糸がねじり合わさり、一本の太い縄になっているのである。

真桜は紅羽の肩越しに常葉の本性を見る。彼女の白い顔には、まるで蜘蛛が八本の足を広げたような赤黒い隈取りが浮きあがっていた。

「蜘蛛…だわ……」

「なるほど……美貌に取り憑《つ》かれた女の正体は醜い蜘蛛ってか……ぐぅ！」

ぎりりと首を絞めつけられ、紅羽は苦しげにうめいた。真桜が縄に手を差し込み、ゆるめてやろうとするが、縄は締まっていく一方だ。

「こ、これ切る刀とか持ってないの!?」

「……残念……武器なんて物騒な物を持ち歩くのは……人間……だけ……」

ついに紅羽の意識はとぎれてしまった。と、同時に彼の腕の力もゆるみ、支えを失った真桜は地上へと落下していく。

（――っ！）

真桜は途中で受けとめられ、またもふわりと上昇した。しかし、安堵《あんど》も束《つか》の間のこと。彼女の身体に巻きついていたのは、常葉の手につながる白い縄だったのである。

真桜の視界の端に落下していく紅羽が映り――、

(ひえぇぇ!)

「おやぁ、あんたは人間なんだね?」

常葉は真桜を引き上げると、いぶかしげにじっと見つめ、思いあたったように、にまりと不気味な薄笑いを浮かべた。

「さてはあんたが主上の想《おも》い人かい。都の外にも噂《うわさ》は広まってるよ」

笑みとは裏腹に、縄は真桜の身体をぎりぎりと憎らしげに締めつけていく。

「あ、あたしみたいな半端な顔の人間食べても、あなたの綺麗《きれい》のもとにはならないわよ」

「食べるだって? はん、そんなつまらないことするものか」

常葉はいやらしく口の両端を吊《つ》り上げる。

「愛されてる女は苦しめてやるのさ。醜い顔になって、男に見捨てられ、一生をうつむいたまま終われればいいんだ」

(な、なに、この性悪女)

食べられるより腹が立ってきた。幸せそうな女を引きずり下ろして悦に入ろうなんて、人間だろうが妖だろうが最悪の性根だ。

「か、顔ぐらいで去るようなら、それまでの男なんだわ。あなた、きっとろくな男にしか出会ってないんでしょうねっ」

　うっかり口答えしてしまった。

「はん、妾に説教かい？　たかだか十年ちょっと生きただけのお子さまがねえ。あんただって蜘蛛の姿で醜く生まれてごらん。そんなことが言えるものか」

「そ、そりゃ、蜘蛛になるのはごめんだけど、夜白のお城じゃ、あなたみたいな蜘蛛の妖がうじゃうじゃ大手を振って暮らしてるわよっ。正直、もっとひどい顔の妖だっているけど、だれもいじけてなんかいないっ。閻魔祭のときだって、皆、自分の特技生かして、生き生きと楽しそうだったわ。むしろ自分を蔑《さげす》んで、他人ばっかりうらやんでる、あなたのその考えかたがブスだっていうのよ！」

「ブス？」

「ええ、ブスよ。性格ブス。そういうのって、同性に一番嫌われるのよね」

　勢いで言ってしまった。常葉は「ブス」の意味はわからないようだったが、なじられているのは充分通じたらしい。

「妾をこけにするとは……っ」

　かっとなった常葉の隈取りが濃さを増した。背中の羽がゆらりと揺らめき、鱗粉をまき散らすきざしを見せる。

「ええいっ、顔にも身体にもたっぷり浴びせてやるわ。醜くただれた姿になって、皆に後ろ指をさされればいいっ」

「！」

もう駄目だ。真桜はぎゅっと目をつぶって覚悟したが、

「ひぎゃぁぁぁぁ！」

醜悪な悲鳴をあげたのは常葉だった。真桜が目を開けると、五色のまぶしい光が常葉の右頬を直撃していたのである。

光は斜め下——地上で右腕を上げる夜白の手もとから発せられていた。

「顔がぁ！」

常葉は煙のくすぶる顔面を左手で覆いながら、首をのけぞらせる。

とたんに、常葉の姿はどす黒いもやにまかれて消えた。当然、真桜の身体に巻きついていたものも消滅し、彼女はまたしても落下する。

「きゃぁ！」

が、地面に叩きつけられる寸前、真桜は夜白の両腕に受けとめられていた。ふたりして草地に倒れ込むと、夜白は盛大な安堵の息とともに、真桜を強く抱きしめる。

「よかった……そなたが血みどろにならなくて」

「……ち、血みどろじゃなく、そこはもっと違う言いかたで……」

怪我《けが》がなくてよかったとか、無事でなによりとか——落下の恐怖で息も絶え絶えに真桜が言

うと、夜白は彼女の耳もとでここぞとばかりにあの言葉をささやいた。

「……ああ、やはりそなたが愛おしいぞ」

「――っ!」

落下の恐怖もどこへやら。羞恥《しゅうち》で思わず夜白をぐいっと突きはなしたものの、とびきり美しい彼の笑みをまともに見てしまい、かえって胸はばくばくと早鐘を打った。

「な、な、な、なんで、そうなるわけよ⁉」

「違うのか？　今こそ、ここぞというときのような気がしたのだが」

「ち、違うわよっ！」

嘘をついた。唐突ではあったが、案外、使いどころは違っていない気がする。だが、真桜にとってはどうにも心臓に悪い言葉なので聞きたくないのだ。

「そ、それよりも、常葉は？」

真桜はそそくさと立ちあがると、常葉の消えた空を見わたした。

「……まさか死んだの？」

「消滅した気配がなかったから、逃げたのだろう。だが、長くは生きられぬはず」

「あ、そうだっ。紅羽、紅羽は？　さっき気絶したまま落ちていったんだけど」

「あやつなら朧車の屋形の上に落ちて大事ない。あの程度でどうにかなるようなやわな身体はしておらぬ。……ああ、下僕たちも動けるようになったようだな」

鱗粉の毒素が抜けたのか、妖たちはしとめた盗賊たちを抱え、一ヶ所に集めだしている。

「さて、あやつらには先に裏で糸を引いている輩《やから》について吐いてもらわねばならぬ」

「頭目は常葉じゃ……」

「たしかに……これまでの人夫の襲われかたから、なにかしら妖魔がからんでいるのは察しがついた。だが、盗賊に乗っかっていたのは、常葉だけではない。奴《やつ》らの襲撃はいつも、まるで貢物の運搬の情報をあらかじめ知っていたかのように短時間の待ち伏せで、手際のよいものだった。衛府に捜査を命じても、その目をかいくぐって荷物を襲撃してくる」

「それって、内部の者が情報を流していたってこと?」

「おそらくは衛府に属する何者かが——しかし、だれかはわからなかった。だから盗賊の捜査は内々に行い、今回はおとりを使うことにした」

あえて見通しの悪い深夜に荷物を運搬させることで、盗賊たちをおびき寄せ、夜白たちが近くに身を潜めて待ち伏せすることにしたのだとか。

「……じゃあ、もしかして、茶会のとき」

あのとき、盗賊の話を無視したのは、あの場で警護していた衛府の中に内通者がいたかもしれず、相手を油断させるためだったのだろうか。

だとしたら、自分は勝手な思い込みで、夜白を一方的に責めてしまった。「バカ主上」なんてひどいなじりかたまでしてしまった。

「夜白……」

謝らなきゃと、真桜は夜白にふり返ったのだが、彼の身体がふいに力を失ったように、かくりと真桜のほうに傾いだのである。

「夜白？　どうし……きゃっ！」

真桜は支えようとしたが、意識を失った男性の重みは真桜の腕力では支えきれず、彼につぶされるように尻《しり》もちをついてしまう。

「夜白っ、夜白っ」

呼びかけても返事はない。

「……夜白！」

このとき真桜は気づかなかった。

夜白の身体を懸命にゆさぶる彼女の左手――その薬指にはまる指輪の、青色の石が、本来の力を取りもどしたように、きらりと澄んだ光を放ったのを。

四、眠れる帝《みかど》と、目覚めしイツキ

しとしとと寂しげな雨が降る中、今日《きょう》も真桜《まお》は渡り廊を渡って青妖殿《せいようでん》に通う。

「ああ、姫、おいでくださいましたか」

奥の寝所に入ると、天蓋《てんがい》付きの寝床のかたわらに控える珠黄《たまき》が、神妙な顔でふり返った。

夜白《やしろ》は寝床に伏している。もうかれこれ三日も目を覚まさぬままだった。真桜は夜白の枕元《まくらもと》に腰を下ろすと、彼の額にそっと右手を添えた。

「毎日申しわけございません」

「ううん、これが一番早く回復できるんでしょう」

夜白の昏睡《こんすい》は気の欠乏が原因らしい。イツキの勾玉《まがたま》は人の気と融合することで力を発揮するのだとか。夜白は上空の常葉《ときわ》を狙《ねら》おうと、異常な力をため込んだため、結果、気も大量に消耗して、眠りについてしまったのだという。日をおけば、自然と回復し、目覚めるそうなのだが、こうやって人から気を与えてやると、それが早まるのだと珠黄から聞き、真桜は毎日彼の寝所に通うことにした。

「あの……」

真桜は三日前からずっと気になっていたことを、思いきって訊《き》くことにした。

「イツキって、前からずっとあの勾玉なんですか?」

「驚かれましたか?」

「え…まあ」

しかし物体を神と崇《あが》めるのは珍しいことでもない。真桜の世界でも石をご神体として祀《まつ》る風習の地域はあるのだから。だが以前に清常《きよつね》が、主上とイツキが妖《あやかし》の処遇を巡って対立したと話していたので、真桜はイツキに人格があるものと思い込んでいたのだ。

「城下の人たちはイツキの正体を……?」

「知らないでしょうね。おそらく生命体のようなものだと思っているはず。歴代の君主がそう思わせたのかもしれません。自分たちの威光のためにね」

たしかに——いくら不思議な力を秘めているとはいえ、ただの無機物よりは、なんらかの人格を持たせ、君主がそれに認められた存在と世間に思わせておいたほうが、威厳はたもてるというものだ。

「夜白はイツキを封印したと、そのぅ、小耳にはさんだことがあるんですけど、どうしてそんなことを……」

まさか清常から聞いたとも言えず、そこはやんわりと濁しておく。だが、君主の威光ともなるイツキを表向きには封印したとし、しかしながら、今回の常葉の討伐《とうばつ》のように、裏ではその力を利用している夜白の本意が、真桜にはわからなかった。

「……」

珠黄はしばし無言だった。答えを整理しているのだろうか。そして——

「今の主上《おかみ》が答えです。主上にとっては負担が大きすぎるのです」

「でも、代々の君主も生気を消耗するのは同じでは……」

「体質もあるようですが、どうやら主上は消耗しやすいお方らしくて」

珠黄は昏睡を続ける夜白を痛《いた》ましげに見やった。

「十年前の内乱でイツキは暴走し、わたくしたち多くの妖を八雲《やくも》に呼び寄せてしまいました。長年封じられ、中には人への怨《うら》みを抱え込んでいた妖たちもいた。彼らの鬱憤《うっぷん》は、解放とともに爆発し、まずはこの城内で発散されました。城内を蹂躙《じゅうりん》し、人々の命をむさぼった。それでも飽き足らず、さらには城下にも」

夜白はそんな妖たちの討伐のため、珠黄や紅羽《くれは》のように城内にとどまった他《ほか》の妖たちと結託する道を選んだのだという。

「ここ十年で国を荒らす妖たちはあらかた滅殺し、国も落ちついてまいりました。だが、あの常葉のようにまだ生きのびているものがいるのです。彼らの討伐のため、主上はイツキの力に頼らざるをえない場合もある。けれど、それが主上の生命力では精一杯なんです」

「他のことをイツキの力で行おうにも、夜白では行えないと?」

「ええ。イツキは計り知れないものを秘めた玉です。あれがどう誕生し、この国の始祖がどのような経緯で手に入れたのかは不明ですが、その能力は妖魔《ようま》を調伏するだけに終わらない。姫をそうしたように、様々なものを召喚できる――人を、妖を。それから自然の恵みを、脅威を――その恩恵を受けて、かつての八雲は大国にのしあがったとか。だが、主上は歴代の国主たちと同じ恩恵を民に求められても、応《こた》えることができないのです。それをすれば、主上の命は縮まってしまう」

「だから、封印ということにしたのね……」

「はい」

「つらいね……」

自然とそんな言葉がこぼれた。気を消耗しやすいという、歴代の国主よりも不利な条件をもって生まれながら、妖がはびこる壮絶な環境の国を立て直すという重い使命を背負わされることになったのだ。そして復興をなしえたというのに、結局、民には強引な手腕の面しか注目されず、暴君として評価されてしまうだなんて――。

「あの、姫……」

珠黄がうっすら笑みを浮かべながら、遠慮がちに声をかけてきた。

「なに？」

「主上に早くお目覚めになってほしいですか」

「え？　まあ、それは」

「実は気をもっと効率的に送る方法があるのです」

「どうしたらいいの？」

「もしよろしければ、主上に添い寝をしていただけないでしょうか。そうすれば、手のひらよりより多くの気を送ることができますので、お目覚めもいっそう早まろうかと」

添い寝――真桜の頬《ほお》がぽっと赤らんだ。

「初夜もまだのところ、このような行為、お恥ずかしいこととは重々承知でございますが」

初夜と聞き、ますます頬を赤らめる真桜に、珠黄は伏してなにとぞと頼んでくる。

（……ど、どうしよう）

正直、断れる状況ではなかった。真桜はぎこちなくうなずくしかない。

「……わ、わかったわ。やってみます」

「ありがとうございます。ああ、お優しい姫」

「べ、べつに優しさとかじゃないわよ」

「では、やはり主上への愛ゆえでございますか」

（いえ、ただのなりゆきで……）

とも言えず、真桜は引きつった笑みでごまかす。

だが、真桜にまったく前向きな気持ちがなかったかといえば、そうでもなかった。早く目覚めてほしいのは、夜白のことをもう少しよく知りたいというのもあった。彼の実像は、真桜が最初に抱いた印象とも、瓦版《かわらばん》で書きたてられている暴君像とも、違う気がしたから。

「こ、こうすればいいの？」

真桜は夜白の上掛けをめくると、まずは隣にあお向けに寝転んだのだが、

「ああ、それでは効果がありませんね。できれば、身体《からだ》ごと主上のほうをお向きになって」

「こ、こうね……」

「そうそう。それと、上半身は少し主上の胸の上にのっかり、腕で抱きしめ、顔を主上の首のあたりにうずめてくださると、さらに効果的です」

「こんな感じ……？」

「ああ、片足は軽く主上に絡ませるのもいいですね……はい、完璧《かんぺき》です」

（……は、恥ずかしい）

夜白の呼吸と体温をもろに感じる体勢だ。

今、彼が目覚めたら、思いきり誤解を生んで、そのまま本当の初夜に……。やっぱりもうちょっと眠っていてくれないかなという不埒《ふらち》な気持ちも抱きながら、どぎまぎと添い寝をしていると、部屋の入り口で、わんっという声がし、夜叉丸《やしゃまる》が顔をのぞかせた。

「おや、夜叉丸、おまえはあっちへ……ああ、いけませんよ」

珠黄が追いはらおうとしたが、夜叉丸はとことこと寝床のほうにやってくると、遊んでくれ

とせがむように、ぺろぺろと夜白の顔を舐《な》めはじめる。

（……夜叉丸は弟分だものね。なんだかんだで彼のことが心配なのね）

真桜はほっこり微笑《ほほえ》ましい心地になったのだが、

「……ぶふっ」

（ん？）

夜白がなぜかくすぐったそうな声を漏らしたので、半身を起こした真桜は、いぶかしげに彼を見下ろした。

夜叉丸は鼻や口のまわりを執拗《しつよう》に舐めつづける。夜白は顔をむずむずとさせていたが、ついに我慢できなくなったのか、いきなりむっくりと起きあがった。

（……え？）

昏睡していたはずの人の目覚めかたには見えず、真桜は唖然《あぜん》となる。

……わんっ。

主の目覚めに夜叉丸は嬉《うれ》しげにしっぽを振る。夜白の膝《ひざ》の上に飛び乗ると、伸び上がってきた彼を舐めようとしたので、

「やめぬか。私はそなたの愛撫《あいぶ》などには惑わされぬぞ」

と言いつつも、まるで愛犬家のごとく夜叉丸の愛撫に興じる夜白の顔を、真桜はわなわなと震えながらのぞき込んだ。

「や～し～ろ～」

「なんだ、邪悪なそなたの愛撫なら、いつでも私を惑わしてくれてかまわぬ」

「ええ、ええ。これがあたしの本気の邪悪よ。というか、昏睡のふりしてたわよね。目覚めたのはいつ？」

「……三日前」

「それって盗賊を討伐した日じゃない。まさか、あのときに倒れたのも演技じゃあ……」

最悪の展開になりそうな予感に、珠黄が慌てて枕元に膝を進め、床に額をこすりつけて釈明した。

「ち、違います、姫。主上がお倒れになったのは事実です。ただ、こちらにお戻りになった直後には、もうお目覚めになりまして」

「じゃあ、どうして昏睡したふりなんか」

「主上はこのようなお方。念願叶《かな》い、姫を召喚なさったものの、十年積もった愛を上手《うま》く表現できず、わたくし、やきもきしておりました。その上、この前の茶会で、あのような事態となり……どうにかふたりの仲を修復できないものかと考えまして」

それで、夜白に昏睡の芝居をさせ、真桜がかいがいしく看病し、めでたく夜白が目覚めたときに、ふたりの愛が盛り上がるという筋書きを思いついたというわけだ。

「危機を乗りこえたふたりは、愛がいっそう高まると申しますゆえ」

愛の法則を熱っぽく語る珠黄。だが真桜は言いたい——高まる以前に愛はないのだと。

「というか、芝居に乗るほうも乗るほうよ」

真桜が呆《あき》れた目で夜白を睨《にら》みつけると、彼はしれっとした顔で、

「私は腿《もも》の魔力に屈服した」

「は？」

「珠黄が言ったのだ。必ずや真桜が私に添い寝するよう誘導してみせるとな。腿まで絡めてやると約束してくれた。その魔力のせいだろうか。私の中の邪念の獣が目覚め、理性をむさぼり食ってしまった」

「そういうのは、スケベ心に負けたって言うのよ——っ！」

爆発するように言い捨て、すくと立ち上がった真桜は、寝床を出ていこうとしたが、突然夜白に腕をつかまれる。

「な、なによっ」

そしるつもりで夜白を見やると、彼はまっすぐなまなざしをこちらに向けてきて、

「すまぬ」

「え？」

「そなたの愛を、私は欲望の謀略に利用してしまった」

「……っ」

真桜は夜白の手を振りはらっていた。

腹が立ったからではない。彼の言葉が自分の良心にちくりと突き刺さったから。

「ごめんっ」

「姫、お待ちを……！」

珠黄の申しわけなさそうな声も聞こえないふりで、真桜は部屋を飛び出した。簀子縁《すのこえん》を足早に歩いていたが、渡り廊にさしかかろうとしたあたりで立ち止まってしまう。

自分に彼を責める資格などない。それに気づいてしまい、あの場を逃げ出した。

（……あたしも同じじゃない）

更生させるために夜白の気持ちを利用している。やっていることは夜白と変わらない――それどころか、こっちは更生に乗じて元の世界に戻ろうと企《たくら》んでいるのだから、もっとひどい裏切りをしているのかもしれない。

暴君よりひどいことをしているのだ。

（……というか、彼って暴君なの？）

あんな素直に詫《わ》びられる人が本当に暴君なのか。そんな疑問さえ湧《わ》いてきて――。

……コトンッ。

「……？」

足もとで音がして、見下ろすと、石をくるんだ瓦版が転がっていた。夕羅《ゆら》が放り込んだのだろう。縁の下を密《ひそ》やかな足音が遠ざかる。

真桜は瓦版を拾い上げた。記事を確かめると、思ったとおり、三日前の百鬼夜行のことが、民を脅かす馬鹿《ばか》騒ぎとして非難めいた文調で書きたてられていた。ただし妖たちが盗賊退治を行ったことはこれっぽっちも取り上げていない。

「ひどっ……」

憤慨した真桜は、瓦版をくしゃりと握りしめようとして——しかし、その隣の記事が目に入ると、慌てて広げ直して凝視する。

（……嘘《うそ》!?）

橘《たちばな》清常が捕縛されたという文字が躍っていた。

❖

「……ああ、姫」

真桜が去っていったのを情けない顔で見送っていた珠黄だったが、夜白のほうをふり返ったとき、その顔はひくひくと怒りで引きつっていた。

夜白はほんの少し切なげまなざしをして、夜叉丸の背をなでている。

「どういうことですっ」

「なんのことだ」

「なぜ、あそこで目を覚ましたのですっ」

「我が弟の愛撫は極悪だ。我慢できなかっただけのこと」

「嘘おっしゃい。垢舐《あかな》めや舐め女に百回顔を舐められても、平気なあなたさまが、たかだか犬の舌で根をあげるはずがございません」

「心地よさの問題だ。真桜のなら、もっと極悪であろうな」

「……いいえ。わざと目を覚ましましたね」

珠黄は見すかすように夜白を睨んだ。

「どうしてです？」

「………」

「姫を欺《あざむ》くのがお気に召さないということなら、はなっからそうおっしゃってくださればよかったのに」

「……気に入らないのではない」

夜白は夜叉丸をなでる手をふと止めると、厳しい顔つきで珠黄のほうを見やる。

「私はもうすでに真桜を騙《だま》しているのだぞ」

「それは……」

「わかっている。これは私自身がそうしようと決めたこと。あのことだけはけっして真桜に知られてはならぬとな」

「もう嘘は重ねたくないと？」

「まさか……。私は民に向けては、もう数知れないほどの嘘を重ねているではないか」

なんでもないように言いながらも、夜白の瞳《ひとみ》の奥の紫紺色《しこんいろ》が、罪の痛みに耐えるように潤んで揺れる。

「……つらいね、と言ったのだ」

夜白がひとりごちるように言う。

「主上？」

「真桜がそう言った。──『つらいね……』と」

「……」

「その言葉を聞いたら、嫌になった。昏睡のふりをしているのがな。どうしてだか、よくわからないが……」

するとーー。

「──それは事実あんたがつらいからだろう」

その声にふり返ると、中庭に面した簀子縁に、苦笑してたたずむ紅羽の姿が見えた。ずっと部屋の外で聞き耳を立てていたのだろう。

彼はひょうひょうとした足どりで入ってきて、珠黄の側《そば》にどかりと座った。その顔は真桜を連れだした仕置《しおき》の跡なのか傷だらけだった。

「紅羽、あなたは謹慎しておきなさいと……」

たしなめようとする珠黄を手で制し、紅羽は夜白に向かって口を開く。

「つらいなら、なにもかも教えてやればいいじゃないか、姫に」

「教えれば、どうなるか、わかっているのか？」

「わかるかよ。そもそもあんたの杞憂《きゆう》に終わるかもしれないんだ。だいたい、こっちだって女に隠し事をするのは、もう嫌でね」

「だから、あの晩、真桜を連れだしたと？」

「ああ、あれ？　あれは、どっちかというと、あんたのまともなところ、ひとつぐらいは姫に見せてやりたいって親切心かな」

「だが、そのよけいな親切心のせいでイツキの正体がわかってしまった。これ以上のことは、もう……」

夜白は殺意にも似た気迫のこもったまなざしで紅羽をねめ付けた。真桜にはけっして見せぬ彼のもう一つの顔――かつて城下を蹂躙した妖たちを、城を攻め落とそうとした敵兵たちを、鏖殺《おうさい》したときの血塗られた顔である。その気配に怯《おび》えたのか、夜叉丸が慌てて夜白の膝の上から飛び降り、逃げだしていく。

「なら、彼女を召喚しなきゃよかったのにな。それが一番楽だってのに」

「それは……」

続きを言いかけて口をつぐむ。なぜ、こんなに彼女を側に置きたいのだろう。心に積もる想《おも》いを感じることはできるのに、夜白の唇はそれを言葉にして紡いでくれない。

(……私はいつもこうだな)

好きな人への想いを口にしようとすると、どんな言葉を選んでいいのかわからなくなる。

すべてはあの内乱から始まった。イツキの暴走で異世界に飛ばされた夜白は、運良く元の世界に戻れたものの、目の前に広がるのは地獄絵図だった。親族は召喚された妖によって皆殺戮《さつりく》され、宮城は彼らに占拠されていた。かたや城外は内乱の混乱に乗じて侵攻してきた隣国の軍によって陥落寸前だったのだ。

そんな修羅の場となった八雲を守る方法——夜白自身が無慈悲になるしかなかった。

あのとき、八雲に害なす妖たちを、敵兵を、どれだけ屠《ほふ》ったろうか。

それがつらくて、悪意だけを抱く存在になろうした。人を遠ざけ、すっかり魔王のように生きようともしたのに——結局、怖くて、なれなかった。

ただ、人であることを捨てようとしたせいか、愛情の紡ぎかたはすっかり忘れてしまったようだ。胸にくすぶる想いを、どうやって伝えたらいいかわからない。

愛《いと》おしい——その言葉だけが空回りをしている。

「……さて、愛おしいとは、どんなときに言えばいいのであろう」

夜白がぽつりとこぼすも、紅羽はつれない。

「知るかよ。んなこと、妖に訊くなっての」

「こんなときだけ妖を理由に逃げるのか……」

夜白からすれば、むしろ紅羽も珠黄も、かつて自分を虐げた親族よりずっと人間臭いと思うのに。

「……ふんっ。俺《おれ》の過去を知ったら、訊く気も起こらないだろうさ。あんたの側が居心地がいいから、俺は妖の本性を引っ込めているだけで……」

「…………」

湿っぽい空気が部屋に満ちる。雨の匂《にお》いはこんなに疎《うと》ましかっただろうか。

その空気を払拭《ふっしょく》しようと、珠黄が話題を切りかえた。

「そういえば、紅羽、あなた、どうして青妖殿に来たのです。まさか、主上と姫の睦言《むつごと》を盗み聞きしようなんて下卑た下心で……」

「そこまで野暮じゃねえよ。つか、輪入道《わにゅうどう》ら獄卒《ごくそつ》どもにせっつかれてな。この前の事件で大量の罪人が上がった。さっさと刑を執行させろって、手ぐすね引いてんだよ」

「主上、いかがいたします」

珠黄が尋ねると、夜白の顔つきが、悩める青年のものから、主上のそれに切りかわる。

「盗賊どもは執行に移れ。ただ……清常たちにはまだ聞き出したいことがある」

先日の討伐で捕縛した盗賊たちを珠黄が拷問したところ、内通者は橘清常以下、衛府に属する数名の衛士であると判明した。衛府は宮城や城下の警備を取り仕切っているため、宮城に納められる貢物の内容や搬送の時間帯についても事前に把握している。清常たちはそれらの情報を事前に盗賊たちに漏らし、彼らが強奪で得た戦利品のおこぼれにあずかっていたようだ。

「やれ、老人の取り調べは気が進みません。下手に肉体的苦痛を与えれば、聞きだす前に命が尽きるし、言葉責めは聞こえぬふりでのらりくらりとかわしてきますしね」

珠黄が面倒くさそうに眉《まゆ》をひそめれば、

「だが、どうにも茶会の件が引っかかるのだ。やはりあやつの罪を我らより早く察知していた者がいるような気がする」

「どういうことだよ」

紅羽がいぶかしげに問うと、珠黄が夜白に代わって説明する。

「茶会の席で盗賊について訴えた少年がいたことは聞き及んでいるでしょう。しかし、茶会の出席者を選定したのは清常ということがわかりました」

「清常が自分の首を絞めるような発言をする客を選ぶはずがない、ってことか？　だったらその少年を捜せばいいじゃないか」

「見つからないのです。実は茶会のときから、少年の発言を不審にお思いになった主上の命で数日かけて捜索したのですが、まったくもって居所が……。あの日は城下も祭が行われていましたから、ひょっとしたら、旅芸人や行商人のような通りすがりの者の子息であった可能性が高い。だとしたら、彼の父親が人夫だという発言も眉唾《まゆつば》ものです」

「つまり何者かがあの席に少年を送り込み、そう言わせたってことか。そやつの意図がわからないな。密告なら、もっと手っ取り早い方法があるはずだし」

「あまり我々と接触をしたくない人物と思われます。だから外部の少年を送り込み、盗賊の捜索を要請した。しかも主上への直訴という方法をとったということは、本来捜索の職掌を受け持つ衛府に、内通者がいることを暗に伝えたかったのかもしれません」

問題は、我々に盗賊捜索をうながした目的はなんなのかだ——珠黄たちの会話を聞きながら、夜白は考える。

善意か。清常との仲間割れか。それとも他の目的が……。

「珠黄、それと紅羽もだ。清常の周辺を徹底的に洗いだせ」

ふたりは「はっ」とうなずき、神妙に頭を垂れた。

❖

日が暮れはじめると、城内を鬼火《おにび》がせわしげに飛びかう。各所の釣灯籠《つりとうろう》や灯台などの火を付けて回るのだ。

弘鬼殿《こきでん》の真桜の部屋にも鬼火がすうっと入ってきて、灯台の灯りをともしていく。最初は怯えた真桜も、もう慣れた光景だ。出ていこうとする鬼火を、彼女は「ねえ」と呼び止める。

——なんじゃ？　久しぶりじゃの、姫。

「？」

誰だっけと言いたげに真桜が首をかしげると、

——わしじゃ。姫が召喚された初日に会《お》うたであろう。

灯台の灯りのふりをして、自分と夜白の対面を盗み見していた鬼火ではないか。たしか夜白に握りつぶされてしまったはずだが、

「ああ、あのときの」

「よかった。無事だったのね」

——本体をやられんかぎり、わしらは死なん。しばらくは身体の節々が痛かったがな。

鬼火の節々がどこなのかは不明だが、炎の中の髑髏《どくろ》をカタカタとさせて彼は笑った。

——ところで、なにか用かいの？

「あの……衛府の人たちが捕縛されたって聞いたんだけど」

真桜はさっきの瓦版は打ち掛けの中にそっと隠して尋ねる。

——ああ、盗賊に通じておったとかいう連中か。主犯は……橘なんとかって名まえだったかいの。しかし、奴《やつ》ならやりかねんと、衛府ではもっぱら言われとるみたいじゃがな。

「そ、そんなに評判悪い人たちなの？」

——あれは、かつては司法の長官だったらしいが、金のある奴から袖《そで》の下を受けとって、そいつらの悪事のお目こぼしをしていたという話じゃ。

「えっ？」

——十年前に宮城が荒れたときも、城を逃げるついでに部下を殺し、それを妖のせいにしたとも囁《ささや》かれとる。なんでも、その部下とやらがあやつの悪事を上に密告しようとしていたから、口封じだとか。まあ、わしは当時のことは知らんので、あくまでも噂の範疇《はんちゅう》だがの。

「思いっきり悪人じゃない……」

そう言ったきり、真桜が呆然《ぼうぜん》と黙り込んでしまったので、

——どうした？

「え？　ううん、あ、ごめんなさい、引き止めちゃって。色々教えてくれてありがとう」

——じゃあの。

鬼火は炎をしっぽのように細くたなびかせながら、ふわふわと部屋を出ていく。

（どうしよう……）

真桜はまた呆然となった。

噂の範疇とはいえ、清常がそんな悪人だったことも衝撃だったが、夜白を更生させて、清常を元の役職に復帰させ、真桜が元の世界に戻れるようとりなしてもらう約束が、彼の捕縛で反《ほ》

古《ご》になってしまった。

（……ううん、もしかしたら）

騙されていたのかもしれない。清常が噂どおりの人物なら、そもそも約束を守ってくれたかも疑わしい。

部屋の中央に座り込み、途方に暮れていると、みしりと外で階《きざはし》を踏みしめる音がしたので、はっとそちらを見やった。庭からだれかが上がってきたのだ。

「だ、誰?」

びくびくと呼びかける。少し開いた障子の隙間《すきま》からすっと忍び込むように入ってきたのは、衛士に扮した夕羅だった。

しかし、真桜はほっとするどころか、かえって緊張が高まった。夕羅は清常の一味。なによりも前々から真桜は彼を見るたびに、胸をつかれるような感覚に襲われる――それが、今の切迫した状況もあいまって、よけいに真桜の気持ちをざわつかせた。

「急に、どうした…の?」

そろりと立ちあがり、じわじわと後じさりしながら問いかけた。

「姫、これでようやくお助けすることが叶います」

「どういうこと……?」

「清常はあなたを元の世界に戻してやろうなど、これっぽっちも思っていなかった。ただ自分が元の役職に……いいや、あなたの口利きでもっと高位の役職にありつこうともくろんでいたのです」

やはり自分は清常に利用されていた。だが、だからといって、夕羅をすんなり味方だと信じることもできない。

「あ、あなただって、清常の親類じゃないの」

「私は……違う」

「じゃあ、あなたいったい」

「私は……」

言いかけ、しかし、夕羅は突如口をつぐむと、真桜との距離を急に縮めてくる。

襲われるのかと、身をすくめる真桜の耳に、夕羅の囁きが誘惑するように響いた。

「……私なら、あなたを救える」

「！」

一瞬、真桜は心揺らいだような面もちをしたものの、彼の正体を知らぬうちは、心を許すことなどできない。頑《かたく》なにうつむき、こぶしをぎゅっと握りしめたままでいると、

「では、あなたにはこう言えばいいのですか――私を救ってくれと」

「……え？」

真桜はそろりと顔を上げる。彼の切実なまなざしが視界に映った。

「姫……」

真桜のゆるんだこぶしに、夕羅の手がそっと握りしめるように重なりかけ——だが、次の瞬間、彼は大きく飛びすさった。

「夕羅……？」

「あなたは本当に人がいい」

たぶん褒めているのではないのだろう。夕羅は口端をゆるやかに吊《つ》り上げ、憐《あわ》れむような笑みを真桜に向ける。

彼の手にきらりと青い光を見たとき、真桜はその言葉の意味を悟った。

自分の左手を見て、「ああっ」と声をあげる。いつの間にか指輪をすられていたのだ。

夕羅は指輪を目の前にかざし、にまりと目を細める。

「あの濁った石がずいぶんと綺麗《きれい》に……。これなら帝からいただいた指輪として、よそでも通用しましょう」

「よそで……どうするのよ、それ」

「清常はケチな男でした。いつか衛士に世話してやると言いながら、いっこうにその気配もなく、今回も危険な雑事を私に押しつけるばかり。いいかげんうんざりしていたところを、捕まってくれてせいせいしております。ただ、清常と縁続きでは、私もこの八雲で生きにくい。だから、これを使って、帝の縁戚《えんせき》と称し、他国で仕官させていただくつもりです」

「身元を偽るのねっ」

「あなたに非難される筋合いはございませんよ。心を偽って、帝の側にいるあなたにね」

「……………」

「ああ、それと……私が捕まれば、あなたも清常と関わりがあったと、主上に知れてしまいますことをお忘れなく」

「なっ！」

夕羅はそう言って真桜を口止めし、首に巻いていた黒い布を引き上げて、顔半分を覆いかくすと、きびすを返し、部屋を出ていこうとする。――と、別の場所の障子がばんっと開き、夜白が部屋に入ってきた。

「何者だっ！」

「――っ！」

夜白は神業のような早さで太刀《たち》を抜き、夕羅めがけて真一文字に振りきったが、夕羅もまたすばやかった。すでに夕羅は簀子縁の欄干をひらりと飛びこえ、闇《やみ》の落ちる庭へと逃げていたのである。

「主上！」

不穏な気配を気取った珠黄が、渡り廊を渡って慌ただしく駆けつけてくると、空からは紅羽がはせ参じてくる。

「侵入者だっ。全門を閉じよっ！」

だが、いつまでたっても夕羅が捕まったという報告は届かない。

とうとう半時ほどが過ぎ、捜索を終えてようやく戻ってきた珠黄と紅羽の面もちは悔しそうだった。

「塀を乗りこえて城外へ逃げたようです。裏手に衛士の武具が脱ぎ捨ててありました。八匹に追わせたのですが、強い匂いのするものをまいたのか、それに惑わされまして」

珠黄の横では、八匹の子狐《こぎつね》たちがしょぼんとうなだれている。

「裏は山手だ。上空からは木々が邪魔になって、足どりがつかめねえ、くそっ」

紅羽は腹立たしげに舌を打つ。

「よい。ご苦労であった」

夜白は彼らをねぎらい、持ち場に帰した。

側では申しわけなさそうに真桜がうつむいている。夕羅が捕まらなかったと聞いて、ほっとしている自分が後ろめたくて、顔を上げられない。

「……ひょっとして、以前にそなたをさらった男か？」

真桜は正直にこくんとうなずく。もうこれ以上嘘は重ねたくなかった。

「……指輪、盗《と》られたわ。さらったときから、目をつけてたって」

「あれは私の母がつけていたものだ。案ずるな、他人の手に渡ったところで、さして害はない」

「…………」

「真桜？」

真桜はぽろぽろと涙をこぼしていたのだった。

「すまない。あれは私にとっては、そなたへの想いの証《あかし》であった。しかし、そなたに恐怖を味わわせるぐらいなら、召喚後に返してもらうべきであったな……」

真桜はそうではないのだと首を横に振った。

本意は言えない。元の世界に戻る希望が断たれたことに落ち込んでいるなどとは。

落ち込むと、色々なことが否定的に見えてくるものだ。真桜はずっと嫌だった自分の性格までもがとことん駄目なものに思えてくる。

どうしていつもこうなのだろう。他人を安易に受け入れて、結局、自分が墓穴を掘ってしまう。清常のことも。夕羅のことも。

元の世界にいた頃《ころ》からそうだ。同級生に頼まれるままに、いくつもの部活に参加して、けれども時間を割かれるばかりで、ちっとも身についていない。この世界に来ても、夜白の更生にまったく役に立たなかった。

他人の頼みごとばかり聞いているうちに、気づけば、真桜自身は目指すものもない役立たずのからっぽで、なんだかつまらない人間に感じられてきた。

「……息の根、止めていいわよ」

真桜はそう言っていた。

「真桜……」

「言ってたじゃない。息の根止めたいって」

どうせ元の世界に戻れないのだ。だったら、なにひとつできない自分より、なにかひとつぐらいできる自分でいたい。多少やけになっていたことは否めないが、この人の愛情を受け入れることが、今の自分にできる唯一のことの気がした。

「……」

夜白は真桜の頬に右手をそっと添える。彼の顔が近づくと、真桜はぎゅっと目を閉じたのだが、頬に温かい吐息がかかっただけで、触れてきたのは唇ではなかった。

なにか湿っぽいものを頬に感じる。夜白は真桜の涙を舌先で拭《ぬぐ》っていたのだった。

「……し、しないの?」

「する。だが、泣いているそなたは邪悪ではない。私の欲望が疼《うず》いてくれぬ」

「そ、そう……」

夜白はちろちろとまるで妖がそうするように丹念に舐めてくる。いつまでそうしているんだろうと、真桜がそっと薄目を開けると、瞳までちろりと舐められ、

「きゃっ」

小さな悲鳴をあげて、顔をそむける真桜の反応を、夜白はいぶかしげに受けとめる。

「どうした?」

「ど、どうしたって……ふ、普通、め、目玉は舐めないってば」

「そうなのか?　舐め女や垢舐めはいつもそうやって私の涙を拭ってくれたのだが」

光景を想像すると異様だったが、それよりも、真桜は夜白が「いつも」と言うくらい泣いていたのが意外だった。十年前に出会ったときは、あんなに泣くのを我慢していたのに。

「あなたも泣いたことがあるの?」

言った直後、馬鹿なことを聞いてしまったと後悔したが、夜白はとくに不快な顔もせず語ってくれる。

「父が生きていた頃は泣けなかった。私が泣けば、父が申しわけなさそうな顔をするから。……しかし、あの内乱があってからは、どうしても泣かずにいられなかった。だから声を殺して泣くしかなかった……。珠黄や紅羽は気づかぬふりをしてくれるのに、舐め女や垢舐めときたら、めざとく見つけて、なぐさめのつもりで舐めてくる」

「堂々と泣いたらいいじゃない」

「城のすぐ前まで敵兵に埋めつくされていたのだ。泣けば、その声が風に乗って、彼らに聞かれてしまう。怖《お》じけていると悟られてはならぬのだ。敵の士気を上げてしまうことになる」

そう言うと、夜白は当時を思いだしたように、ふと虚《うつ》ろな目をする。

(……夜白?)

肩が震えていた。あの頃といえば、彼はたかだか十代だ。そんなときに親族をことごとく惨殺され、さらには目前まで敵兵が迫り、明日《あす》の命さえ知れないなど、真桜には想像もつかないほど恐ろしかったことであろう。だが、彼は慟哭《どうこく》さえ許されない状況下にいた。

恐怖はよほど心に刻み込まれているのかもしれない。夜白の目の縁が潤み、だが、唇を噛《か》んで堪《こら》える。もはや涙を忍ぶ必要がなくなった今でも、堪えるのが癖になっているのだろう。

真桜は膝に置かれた夜白の手に、そっと自分の手を重ねていた。

やがて、その甲にぽたりと落ちたひとしずく――それは夜白ではなく、真桜の瞳からこぼれたものだった。

「なぜ、そなたが泣く」

「知らない……そっちこそ素直に泣いたらいいのに」

わからない。どうして泣いてしまったのだろう。ただ夜白ひとりに涙を流させるのは、とてもむごいことのような気がした。

「初めて出会ったときと同じだな……。あのときもそなたのほうがよく泣いた」

「……そう?」

「おかげで私の涙は引っ込んでしまった」

「ごめん……」

「責めているのではない。私は不思議と悲しくなくなったのだ。親を失った寂しさも、異世界に放りだされた心もとなさも、あのとき、溢《あふ》れそうになった諸々の苦しい感情が、すっと消えていった。まるで、そなたが私のぶんの涙まで引き受けてくれたようだった」

「やめてよ……」

真桜は否むように、ぐいっと手の甲で涙を拭う。涙まで引き受けるなどごめんだ。それでなくとも自分のこんな性分に嫌気がさしているというのに……。

「いくらあたしでも、他人の泣き言まで安請け合いはしないわよ」

「違う……」

「え？」

「長じた今ならわかる。そなたはあの場所で私に寄り添おうとしてくれていたのだと。そなたの流した涙は寄り添う心の証であって、安請け合いなどではない。だからこそ、私の悲しみもまた涙とともに流れ去ったのだ。——私はあのときたしかに救われた」

「……救われた、の？」

「そうだ。私はおまえのおかげで楽になれた」

そんな風に言ってくれた人は今までいなかった。

真桜の心も少し楽になっていた。嫌だった自分の性格も悪くはないのかもと。

真桜は面はゆい笑みを浮かべる。

夜白の前で初めて浮かべた笑みかもしれない。彼もまたほのかに笑みを浮かべる。

「……そなたは笑顔も邪悪なのだな」

真桜は苦笑せずにはいられない。

「……たまには、嘘でもいいから、可愛《かわい》いとか、綺麗とか言ってよ」

「いいや、そなたの笑みはそんな陳腐な言葉では収まらない。私の胸をかき乱し、悪しき欲望を引きだそうとする。独り占めにしたいと。奪う者は許さぬと……ああ、いや、そうではないな……」

彼は一度言った言葉を引っ込める。

今の想いにもっと近い言葉を探った。

そして彼は気持ちを少し溜《た》めるようにしてから真桜に告げる。

ずっと空回りしていた、あの一言を。

「……愛おしいのだ、そなたが」

「……」

「今、これを言うのは、間違っているだろうか」

「…………うん……」

とまどいながらも返した真桜の声は、夜白の吐息に散っていた。

唇が重なり合う。真桜にとっては初めてで、どうしていいかわからないというか、どうすべきか考える余裕さえない。本当に息の根を止められてしまいそうだ。

頭がまっ白なまま、彼についばまれ、気づけば、唇は離れていて――真桜は気持ちとはうらはらに、くしゃっと嫌そうに顔をしかめてしまった。

「真桜？」

「だ、だって……急にするんだもの……」

だが、それも真桜にとっては正しい答えではなかった。なんと伝えればいいのだろう。まだ彼への想いが手探りなのに、唇を受け入れた自分にとまどっているのだった。

するると夜白は真桜をそっと抱きしめ、

「……なら、覚悟を決めてくれるか」

「え？」

「十年……待ち焦がれたのだ。私の欲望の深淵《しんえん》は奈落の底よりも深くて、この程度では埋まりはせぬ。今宵《こよい》こそ、我が一夜の狂気、受け入れてはくれぬか……」

我が一夜の狂気――すっかり夜白語に馴染《なじ》んでしまった真桜にとって、意味を察するのは容易で、とたんに顔がぼっと熱くなる。

「ちょ、ちょっと待って……」

「許せ……」

急にされるのも困りものだが、だからといって予告されて受け入れられるものでもない。

「は？」

「……我が狂気でそなたを壊してしまうことを」

「いや、だから先に言えばいいってものじゃぁ……きゃっ」

二度目の口づけに、怖くて身を引いた真桜は、あお向けに倒れてしまう。そこに夜白が覆いかぶさってきて――だが、思わぬところから彼女の救世主が現れた。夜白が覆いかぶさったひょうしに、彼の懐からなぜだか夜叉丸が転がり出て、真桜の胸もとにぽたりと落ちたのだ。

……くうぅん。

ずっと夜白の懐で眠っていたのだろう。夜叉丸は薄目を開けたが、大きなあくびをすると、真桜の胸の上で円《まる》くなってまた眠りこんでしまう。夜叉丸が目覚めてどいてしまわぬよう、真桜が優しくなでて深い眠りに誘おうとするのを、夜白は嫉妬《しっと》の視線で見下ろしていた。

「なんと。下克上か。私の宵の玉座が下僕に奪われてしまうとは」

「やめなさい。その宵のなんとかって。……というか、どうしてあなたの着物の中にこの子がいたの？」

さっきから夜白の懐が妙にたわんでいるなあとは思っていたのだが。

「そなたに届けるためだ」

夜白ときたらわざと夜叉丸の耳もとでしゃべり、起こしてどかそうとする。

「届ける？　この子、いつも自分で帰ってくるわよ」

「私の部屋にいたときに、うっかり怯えさせてしまったようで、こやつ、驚いて飛びだしていったのだ。もしやと思い、後で捜してみたら、木の股《また》に引っかかったまま、抜けられずに鳴いていた。おそらく走りまわった勢いでつっ込んでしまったのだろう」

今日は一日中雨だった――よく見ると、夜白の髪や肩は濡《ぬ》れている。彼はわざわざ雨の中を庭に出て、夜叉丸を捜しにいったのだ。

真桜は呆れてしまった。ただし、今回はいい意味で。

(……この人のどこが暴君なの?)

やはり彼は瓦版で書きたてられるような愚帝ではない。真桜がそう確信したとき、どこかでピロロとかすかな電子音がした。

(え?)

音は部屋の隅に置かれた葛籠《つづら》からした気がする。はっと半身を起こした真桜は、夜叉丸を抱き上げ、夜白に差しだしたのだった。

「ちょ、ちょっと、抱いてて」

「私の腕《かいな》はそなたを縛りたいのに」

渋る夜白に「いいから」と押しつけるように夜叉丸を抱かせ、真桜は葛籠へと小走りに向かう。蓋《ふた》を開けると、中には元の世界で着ていた制服が入っていて、上着のポケットから携帯を取りだした。音の正体はやはりこれだった。スケジュールアプリが友だちの誕生日を知らせてアラームを鳴らしたのである。しかし驚くべきはバッテリーの持ちのよさだ。どうやらこの世界では電力があまり消耗されないですむのかもしれない。

（そうだわっ）

真桜は閃《ひらめ》いた。携帯をカメラに切りかえると、子犬を抱く夜白を画面に映し、なかなかのツーショットだわと思いながら、カシャリとシャッターを切った。

「なんのつもりだ？」

（もちろん——今度こそ、暴君を返上させてみせるのよ）

❖

一条の月明かりさえ差し込む余地のない、鬱蒼《うっそう》と生い茂った黒い森——指輪から放たれる青い光を頼りに、夕羅は獣道を奥へと進む。

足もとが悪いが、慎重に歩いている暇はない。指輪が溜め込んだせっかくの真桜の気を、こんな灯りで無駄に費やしたくなかった。

獲物を欲するような獣の咆哮《ほうこう》があちらこちらから聞こえ、しかし夕羅は怖じけるようすはまったくない。彼は知っているのだ。どんな猛獣よりも、人のほうがはるかに厄介で凶悪な存在であることを。

蔦《つた》の絡まる洞に行き当たると、彼はためらいもせずに中に入っていく。魔物の呼気のような生ぬるい風が奥から吹き流れ、それに乗って薄気味悪いあえぎ声が聞こえてくる。

「……ああ、妾《わらわ》の顔が……顔がぁ……」

その声は最奥からしていた。そこは広間のように開けた空間で、鬼火が飛びかい、盗賊たちの戦利品であろう金銀の細工品や、あでやかな反物、刀剣などが乱雑に散らばっている。だが、それらを集めてきた者たちはすでにいない。

たったひとり、黒の着物をまとった女が、その中央で顔を伏せてうずくまっていた。周囲には彼女の餌食《えじき》となった者たちの白骨が、もはや数え切れないほどに転がっている。

一匹の鬼火が、夕羅に向かって攻撃的に飛んでくると、彼はボールでも受けとめるかのように片手でつかみ、岩壁に残酷にぶち当てる。髑髏がばらばらと砕け散る音に、女ははっと顔を上げ、左手で顔面を隠しながらふり返った。

「おまえは……？」

「この世で一番醜いものを見に来たのです――常葉」

「！」

その言葉に女――常葉ははじかれるように立ち上がった。顔の右半分に負ったおぞましいやけどもあらわに、牙《きば》をむいて夕羅に襲いかかろうとする。

だが、夕羅の指輪が発する青い光が、突如、辺りを照らすように広がり、常葉にもその光が当たると、彼女は悲鳴を上げ、後ろにのけぞりながら倒れ込む。

焦げ臭い匂いが夕羅の鼻をついた。常葉の乱れた髪の隙間からのぞくやけどは、さっきよりもひどくなっていたが、なぜか彼女は恍惚《こうこつ》の表情を浮かべている。

「……ああ……」

震える手を力なく持ち上げ、青い光を欲するように、指輪へと懸命に指先を伸ばそうとしたが、その手首を夕羅は微笑みながら無情に踏みつけた。

「今度こそお迎えにあがりますよ、姫……」

——あなたは、私の……ヤクモのものなのです。

伍、お忍びは真実を暴く

翌日の昼すぎ――紅葉の庭を見渡せる日当たりのよい青妖殿《せいようでん》の政務室に、山ほどの文書を抱えた珠黄《たまき》が入ってきて、夜白《やしろ》の文机にどさりと置くのが日課である。

政務中、少しでも夜白が面倒くさそうな顔をしようものなら、珠黄の叱咤《しった》が飛んでくるものだが、今日《きょう》は小さなあくびを漏らした夜白を、珠黄は微笑《ほほえ》ましく見守った。

「どうした。気持ち悪いな。にやにやして」

「おめでとうございます」

「なんのことだ」

「またまたおとぼけを。早朝に弘鬼殿《こきでん》からお戻りになったのを、多くの鬼火《おにび》が目撃しておりますよ。姫と新枕《にいまくら》をお交わしになったのでございましょう。あのような騒動の後でしたので、どうなることかとご案じ申しあげておりましたが、姫が主上《おかみ》を頼りになされる、よいきっかけになったのかもしれませんね。災い転じて福となすでございます」

「……………」

夜白は言えない。昨晩、真桜《まお》となにがあったのか。というか、カシャカシャと音のするあの行為はなんなのか、いまだ不明だ。ただ、真桜がいつになく楽しそうな笑顔だったので、彼女のなすがままにさせていたのだが、正直なところ夜白自身は不完全燃焼である。

「私の疼《うず》きはいまだ収まっていないのだが……」

と、遠回しに珠黄にぼやいてみても、

「なりません。たしかに血気盛んなお年頃《としごろ》の主上では、一度の契りを物足りないと感じるのは無理はございませんが、昼間は断じてなりませぬよ。政務にも支障をきたしますし、姫のお身《から》体《だ》にもご負担がかかります」

「真桜は負担どころか、生き生きしていたぞ」

「それはお身体の相性も抜群ということです。きっと御子の誕生もそう遠いことではないでしょう。ああ、そうなったら、よき乳母をつけねば。子育ての経験があるとなると、二年前に女官を引退した黒塚《くろつか》などはいかがでしょう。それとも隣村の森に暮らす姑獲鳥《うぶめ》か。ここより山を五つ越えた寒村に鬼子母神《きしもじん》がひっそり暮らしていると聞きますが、それも捨てがたい」

もう珠黄だけが浮き足立っていて、すっかり興ざめてしまった夜白は政務にとりかかるべく文机の文書に目を移す。

と、昨夜と同じ、カシャリと音がした。

珠黄がおやっとふり返ると、ふたたびカシャリ——庭に面した壁の円窓から真桜が顔をのぞかせ、携帯を手にシャッターを切っていたのだった。

「ああ、ごめんなさい。お仕事の邪魔はしないからそのままで。こういうのは自然体がいいのよ。夜白も机に向かっているときの真剣な横顔がいけてるわ」

もちろん珠黄も携帯などというものは初見である。

「あの…姫？　それは？」

「珠黄さん、お仕事、お仕事、夜白のほうを見てちょうだい」

「はあ……」

彼がわけもわからず文机をはさんで夜白に向き直ると、

「仕事に打ち込む夜白をちらちらと見るの。いいわ。珠黄さんだとちょっと切ない感じになるから、雰囲気はばっちり。イメージは『禁断の恋、でも純愛』よ」

言いながら、シャッターがまたもや二連続で切られる。

「ありがとう。これで腐女子《ふじょし》もばっちし釣れるわね」

「ふじょし？」

「あらたな妖《あやかし》であろうか？」

珠黄と夜白が顔を寄せ、囁《ささや》きを交わしたところでまたもシャッター音。

「ベストツーショット」

浮かれる真桜に、夜白がいぶかしげに声をかける。

「真桜よ」

「なあに？」

「今宵《こよい》もそなたを訪《おとな》おうと思うのだが」

「ええ。がんばりましょうね。それじゃあ、また」

と、真桜は意気揚々とふたりの前から去っていく。

珠黄はそれこそ狐《きつね》に摘まれたように、しばしぽかんと静止状態になっていたが、ふいに開き直った顔で夜白のほうに向き直ると、彼の手を力強く包み込む。

「ひ、姫さまはがんばるそうです。御子さまの誕生もきっと近い…はず」

夜白は口には出せないが、ふと、不安になってきた。

（……もしかして、私は子作りの方法を間違って覚えていたのだろうか）

❖

その日の夜も、弘鬼殿ではシャッター音がやまない。

簀子縁《すのこえん》にたたずむ夜白は高欄《こうらん》にもたれ、真桜の言うがままにポーズをとる。

「そうよ。今度は星空を見上げて、あら、そんなしかめっ面しないで」

夜白がしかめっ面なのは、言いたいことがなかなか言いだせないからである。だが、次のシャッターが切られたとき、彼はとうとう真桜にふり返り、口を開く。

「真桜よ、念のため訊《き》きたいのだが。そなたの世界ではこうやって子作りするのか？」

しかし、夜白の声はシャッター音に阻まれ、真桜の耳に正しく届かない。

「こっくり？　あっ、コックリさん？　母さんが昔よくしてたって聞いたことがあるけど、今は流行《はや》ってないかも」

「なんと。子作りが流行らなければ、そなたの国は子どもが減る一方ではないか」

「あら、日本の少子化問題のこと知ってるの？　事情通なのね」

とまあ、会話が成立しているような、していないような。

そして、ひとしきり写真をとった真桜だったが、写りを確かめ、ああっと眉《まゆ》をひそめた。

「ほとんど後ろに鬼火が映り込んでるっ。これだと心霊写真じゃない。削除、削除、削除……と。ねえ、今度は屋内撮影にしましょ。灯台の近くで色っぽく……」

すると、夜白はもどかしい面もちをして、真桜にすすっと近寄っていった。

「真桜、無理はするな」

「べつに無理なんかしてないけど？」

「たしかに縁戚《えんせき》のおらぬ我が身では、世継ぎをもうけることは急務である。されど、このような方法では私の邪欲が膨れ上がるばかりだ」

「は？」

「これがそなた流の子作りならば、子は後回しだ。私はそなたともっと睦《むつ》み合いたい」

（……は？　子作りですって？）

　どうやら夜白は写真撮影を子作りと勘違いしていたらしい。どうりで不平もなく言うことをきいてくれると思ったら――。

　彼がその気にならないうちに打ち切ったほうがいい。真桜はただちに回れ右すると、そそくさと部屋に入った。

「や、やっぱり無理してたかも……っ、疲れちゃったわ。しばらく休憩ね」

と、灯台の足もとで眠る夜叉丸《やしゃまる》の近くに行くと、ごろりと横になった。屏風《びょうぶ》で仕切った向こう側に、畳でしつらえた天蓋《てんがい》付きの寝床がちゃんと用意されていたのだが、夜白が隣に寝てくる危険もあるので、あえて板の間に寝ることにする。彼が近づいてくると、真桜は夜叉丸を番犬代わりに胸に抱き、寝返りを打って背を向けた。

「真桜っ」

　夜白はむっとした声で傍らにしゃがみ込み、真桜の肩を揺すって起こそうとする。それでも起きない彼女に、実力行使に出ることにした。

　夜白は両腕で彼女をまたぐように覆いかぶさってくる。

（……ひゃっ）

　こめかみに口づけたかと思うと、彼女の肌に吐息を降らすように唇を滑らせ、耳を甘噛《あまが》みしはじめたのだ。

「……っ」

真桜は息をつめて堪《こら》えた。夜白は狸《たぬき》寝入りなどとっくに気づいているのだろう。

「声を出したら、そなたの負けだ。魂の欠片《かけら》まで私がいただく……」

妖《あや》しくも甘美な囁きを真桜の耳奥まで響かせる。

耳朶《じだ》とその周囲に舌を這《は》わせ、ときに歯を少し痛《いた》いほどに立て、みだらな音と触感で真桜を苛《さいな》む。まるで彼女の欲望も覚醒《かくせい》させようとするかのように。

「……すべてを我に差しだせ、真桜」

「ん……」

耳を執拗《しつよう》に弄《もてあそ》んでいた夜白は、今度は顎《あご》の輪郭に沿って吸いつくように口づけていく。それがあご先へ、そして喉《のど》もとに来たとき、真桜は今度こそもう降参して、声を上げそうになったのだが、ふいに彼の温もりが肌から遠ざかった。

「……これは」

(……?)

真桜はそっと薄目を開ける。

夜白の視線は真桜の右手にある携帯に不思議そうに注がれていた。真桜の指がうっかり画面に触れてしまい、明るくなっていたのだ。そこに映っていたのは、先ほど簀子縁で撮影した夜白の写真——削除されずに残った出来のいい一枚だった。

「……私…なのか？」

「…………………そうよ？」

他人を見ているような口調だったので、真桜は寝たふりをしていたはずが、思わず声にして答えてしまった。

彼の感慨深げな視線は写真に釘付《くぎづ》けになったままだ。

「……私はこんな顔をしていたのだな」

「知らないの？　鏡、あるのに……」

この世界にも鏡はある。部屋の隅に置かれた鷺足《さぎあし》の円形の漆箱には鏡が入っていて、真桜も毎朝使っている。まあ、映りはあまりよくない。

「……鏡を見るのは好きではない」

もうずっと見ていないのだと、夜白は言う。

「もったいない。私が男であなたみたいな顔してたら、鏡を手放さないのに」

「そうか？　鏡は嫌なものばかり見せてくるというのに」

「嫌な…もの？」

「私の内側……」

夜白にとって、鏡は自分の内面までも暴いてしまう疎《うと》ましい道具だった――情けない面も、悲しい面も――どんなに表面では凶猛な国主をとりつくろっても、鏡にはなぜか正体がうっす

らと映るのだと気づくようになってから、鏡を避けるようになった。鏡を見るたびに、奴《やつ》ら
「それに私には珠黄のような狐の尾も、紅羽《くれは》のような翼もない。鏡を見るたびに、奴《やつ》らと違うと違う存在なのだと思ってしまう愚かさが恥ずかしくて、鏡はやめた」

もはや水面さえのぞき込まなくなって久しいのだけれど――。

彼は携帯に映し出された自分をあらためてのぞき込み、ふっと微笑んだ。

「……案外、いい顔をしているのだな」

自画自賛の感想に真桜は苦笑してしまった。

「自分で言う？」

実のところ、夜白自身も意外だった。自分はいつの間にこんな柔らかな表情を浮かべられるようになったのだろうかと。

いいや、その理由はもうわかっている。

「愛《いと》しい人が目の前にいるのだからな。きっと私の一番の顔だ」

そうつぶやきながら、真桜の後ろ髪を片手でなでた。そっと、優しく、大事なものを愛《め》でるかのように。

「……真桜、こっちを向いてくれないか」

「え？」

「もうそなたを苛めはしない」

ねて、
真桜が背を夜白に向けたまま、ためらっていると、彼は携帯を持つ真桜の手に、己が手を重
「……さっきの私は己の欲望を満たすことしか考えていなかった。きっととても醜い顔をして
いたことだろう。だが、私はここに映った私を失いたくはない。だから……」

その声は穏やかだった。真桜は夜叉丸を胸に、ようやくそろりと彼に向き直る。

「……今の私はどんな顔をしてる？」

「とってもいい顔してる……」

言いながら、真桜は自然と携帯を彼に向け、シャッターを切っていた。

「そうか……」

だが、突然、夜白は真桜は抱き上げる。

「きゃっ！」

そのまま彼女を寝床に運び、横たえさせると、彼は隣に入り込んできて――。

「ちょっと、なにもしないんじゃ……わっぷ」

夜白は着ていた上衣《うわぎ》を片手ではらりと広げ、真桜を内に包み込んだのだった。

言葉どおり、彼はなにもしなかった。ただ身体を添わせてくるだけ。欲するのは、彼女のぬ
くもり。

「あったかいな、おまえは……」

「ふ、ふたりでいるからよ……」

「なら、ずっとふたりでいよう。私の側《そば》を絶対に離れるな……」

夜白はやるせない声で命じると、右手を彼女の頭の後ろに添え、こつんと互いの額を合わせてきた。

「夜白……？」

「……これで、そなたとひとつだ」

本当はもっと激しく求めたいのだろうけど、彼はそこから精一杯彼女を感じとろうと目を閉じる。

「今宵は眠りの園に行けぬかもしれぬな……」

そんなことを言っていたくせに、結局、小半時して、夜白のほうが先に眠ってしまった。

（もう……）

こっちは胸のとくとくが収まらなくて、目が冴《さ》えているというのに。

夜白は静かな寝息を立てている。長らく失っていた安らぎを堪能するかのように。

最高の寝顔だ。真桜が今まで撮った夜白のどの写真よりも美しい。

真桜の胸に、ふと存外な思いがよぎる。この寝顔を守れるなら、もう少しこの世界にとどまるのも悪くはないのかもと。

そっと携帯を夜白に向け、一枚盗み撮りする。

だが、これは誰にも見せたくない。自分だけの宝物。

真桜はその写真をロックすると、彼女もまた穏やかな眠りについた。

❖

そして、翌日の昼すぎ。

真桜は夜白が政務中の時間を見はからって、弘鬼殿の庭先に出ると、雲ひとつない晴天の空に向かって呼びかける。

「カラスさん、カラスさん、一緒に遊びましょ」

ほどなくすると、はばたきの音がして、紅羽が空から姿を見せた。大あくびをして頭をくしゃくしゃとかきながら、右肩には女物の小袖《こそで》を引っかけている。

「なんだよ。こっちは忙しいんだ……」

「そうね。左右のほっぺたに色違いの紅がついてるもの。いいの？　珠黄さんに言うわよ。昼間っから女官たちと遊びほうけてるって」

「……あ、用事思い出した」

慌てて飛び立とうとする紅羽の足に、真桜は全身ですがりついて引き止める。

「ちょっとつきあってちょうだい。どうせ暇なんでしょ」

「……ちっ」

❖

そんなわけで、真桜は紅羽の飛行で城下に連れだしてもらった。

まずは人気《ひとけ》のない路地に降り立ち、さっそく大通りに出ようとした真桜だったが、

「ちょっと待ちな」

と紅羽に呼び止められ、彼が肩に引っかけていた小袖を頭からばさりとかけられた。いわゆる被衣《かずき》という格好だ。

「可愛《かわい》い顔は町中で気安くさらすものじゃないのさ」

「なんか時代劇みたい……ちょっと、これ、すっごい香の匂《にお》いがする」

「細かいことは気にするな。行くぞ」

そうしてふたりは大路に出る。

（わあっ。ひ、人がこんなにいる）

夜には二度ほど訪れたことがあったが、日中は初めてだ。南北に一直線に延びる大路は昼間の光を受けて、築地塀の白がまぶしく映えていた。行き交う人々の格好は色々で——江戸時代

風の着流し姿をした男性、中世頃《ごろ》の小袖姿の若い女性、平安風の水干をまとった少年。髪型も長く垂らしていたり、ひとつに束ねていたり、個性的な結い方をしていたり――召喚された妖たちの馴染《なじ》みの時代がまちまちなせいか、その影響をすべて受けているらしい。

（……こんなに人が暮らしてたんだ）

真桜はちょっと気圧《けお》された。城の内ノ宮にいては、一日に見かける人間は数名の衛士くらいなものだから、こんなに多くの人を見るのは久しぶりで、まさに別世界である。

（……ん？）

人々が自分たちの前を通りすぎるとき、胡乱《うろん》なものを見る視線を投げかけてくる。そんな希有な格好をしているはずもないのだが……。

「ねえ、なんでみんな、あたしたちを変な目で……ああっ！」

紅羽を見やって、その理由がわかった。彼は黒い翼をこれみよがしに広げていたのだ。

「あのねぇ、ちょっとは遠慮したら？」

「むしろ遠慮する意味がわからない。主上だっていつも俺たちに言ってくれてたぜ――その姿を恥じるな。姿を恥じることを恥じよ――てな」

姿を恥じる――昨晩の夜白の話を思いだし、真桜は自分の軽率な発言を反省した。

「……ごめん。姿で遠慮するなんて、おかしいわよね」

「はっ。謝るほどでもないさ。ま、でも実のところ、姿の違いを一番気にしてたのは、それを言ったご本人……主上なんだけどな」

「言ってたわ。鏡を見れなくなったって。自分の内面が映るのが嫌だし、あなたたちとの姿の違いを恥じる自分も嫌だったって」

「馬鹿《ばか》だよな。俺たち、んなこと気にしてないってのに」

「そうね。馬鹿だわ」

妙に力強くうなずく真桜を、紅羽は意外そうに見やる。

「なんだよ。俺に同意するとは珍しいな」

「だって馬鹿だと思わない？　あなたたちとの姿の違いをそんなに気にするなら、姿の違わない城下の人たちに怖がられてることだって気にするべきよ。瓦版《かわらばん》でありもしないことを書きたてられて、閻魔《えんま》なんて呼ばれて……」

真桜は暴君のお膝元《ひざもと》とは思えない平和に満ちた城下町を見つめ、悔しそうにぼやく。

「なるほど。姫さんはそんな夜白でいてほしくないわけだ」

「ええ。夜白は暴君じゃないもの。彼はもうちょっと民に愛されるべきよ」

「……俺も実は同意見かな」

さりげなく、しかし思いのこもった声で夜白が答えてくれたので、真桜はうれしかった。

「今日は気が合うわね」

「ああ。なんでかわかる？」

「?」

「そのうちわかるさ。姫さんが自覚をしたらね」

「自覚?　なにを」

真桜が首をかしげると、紅羽は意味深に苦笑して、彼女のおでこをちょんとつつく。

「自覚は自分で気づくもんだ。それよりも瓦版屋に行きたいんだろ?　連れてってやってもいいけど、まさかいきなり抗議するんじゃないだろうな。だとしたらかえって逆効果だぜ」

「違うわよ。――これよ」

と、真桜が懐から取りだしたのは携帯だった。一昨日、昨日と撮りためた夜白の写真から映りのいいものを出して、紅羽に披露してみせた。当然のことだが、紅羽は物珍しげに携帯をまじまじと凝視する。

「うわっ、よくできた絵姿だな。まさか姫さんが描いたのか?」

「絵じゃないわ。ご本人よ。ほら」

と、今度は動画を見せてやると、紅羽はますます興奮し、

「うおっ、お、主上がこんな小さな板の中で動いてる。どうやって閉じこめたんだよ。姫さん、妖より、すごい術持ってるんだな」

「違うわよ。これは夜白本人だけど、閉じこめたわけじゃないの」

「……さっぱり意味がわからねえんだが」

「ま、まあ、細かいことはいいじゃない」

　真桜も正直仕組みはわからないので、そこらへんの説明はすっ飛ばし、

「これを瓦版に見せて記事にしてもらうの。この前の盗賊退治のことも合わせてね」

「主上をか？　やめとけ。ろくな記事にならないぜ。主上が裏で手を引いていたとか、下手《へた》すると主上が盗賊の頭だったなんてされかねない」

「だから主上じゃなくて、謎《なぞ》のイケメンでいいじゃない」

「いけめん？」

「あっ…美青年ね。そもそも夜白の民間評は先入観が入りすぎてるのよ。夜白＝閻魔＝恐ろしい、みたいな。どうせ城下の人の大半が帝《みかど》の実態なんて知らないんでしょ」

　この前の茶会でも、夜白が姿を見せたとたん、客人たちは顔を伏せた。たぶん、とてつもなく恐ろしい面相だと思い込んでいるにちがいない。

「夜白がどんなにいいことをしても、恐ろしいっていう先入観のせいで、今の城下の人たちは好意的にとらえてくれないわ。でも、同じことを別の人がやったらどうかしら。しかも謎めいたとびきりの美青年」

「なるほど。主上の善行をあえて名を伏せて広める。そういうことか？」

「そ。盗賊とそれを操る妖を退治したのは、この謎のイケメンってことで、瓦版にネタを売り込むのよ。もちろんこの綺麗《きれい》な顔を絵に起こしてもらって、挿絵付きでね」

「正体不明の退魔師が八雲《やくも》を妖の魔の手から守ってくれている。瓦版屋が飛びつきそうなネタだな。とくに美形とくれば、女にはたまらないかも。で、正体はいつ明かすんだよ」

「しばらくは謎の美形退魔師って触れ込んでおいたほうがいいわね。夜白が妖退治をするたびに、瓦版に随時情報を流すの。今回は無理だったけど、次回からは退治した瞬間の映像もきっちり収めて、証拠付きで提供するのよ」

やがて謎の美形退魔師は城下で話題になるだろう。そして彼の正体を皆が知りたがるようになるはず。そうなったら、いよいよ最終段階だ。

「最後は日中の大路で夜白ご本人の登場よ。大路で暴れる妖の退魔を、夜白にお願いするの。当然、夜白は城下におもむいて、妖を見事に成敗。そして、仕上げにあたしが大声で叫ぶの『主上っ、もう退魔など危険なことはおやめくださいっ』て」

城下の民は驚くだろう。今まで自分たちがもてはやしていた人物が、実は閻魔と恐れていた帝だったのだから。だが夜白の飛び抜けて美しい容貌《ようぼう》と、人々のために身を挺《てい》して退魔を行う献身的な姿を目にすれば、もう恐ろしいなどとは言わないはずと真桜は確信する。

「八雲の民は夜白を賞賛するわ。こんなにすばらしい人だったなんてと。もう閻魔なんて言わせない。彼は八雲の民に好かれるアイドルに変わるのよ。名付けて――『帝すぎるアイドル大作戦』……ん？　アイドルすぎる帝かしら？」

まあ、『アイドル研究部』にも身を置く真桜としては、単に「～すぎる」という言葉を使ってみたいだけで。

だが、紅羽にはひとつだけ腑《ふ》に落ちないことがあるようだった。

「ちょと待て。大路で暴れる妖をあいつに退治させるって、そんなに都合よく妖は城下で暴れてくれないぞ。帝に討たれるために暴れるようなものだ」

するとと、真桜はすかさず紅羽を指さした。

「はあっ？　俺？」

「城下の人を傷つけないよう、軽ぅく暴れて、夜白に適当に痛めつけてもらえないかしら？」

「芝居かよっ」

「いいじゃない。珠黄さんにお仕置《しおき》されてたときのあなた、生き生きしてたわよ。案外、好きなんでしょう。それとも珠黄さんの仕置じゃなきゃ、嫌とか？」

「んなわけあるかっ」

「だったら夜白でもいいわけね。決まり。あ、そうだ。やっぱりその翼、目立つから隠しておいてね。今のうちに城下の人に目をつけられてしまったら、当日暴れてるのが、やらせっぽく見えちゃうじゃない」

「やらせだろうが……」

「さ、瓦版屋へ行きましょ」

「ああ、そっちじゃない。こっちだっての……ったく」

北へ行きかける真桜を、紅羽は慌てて南へ誘導し、ふたりは瓦版屋へ向かう。

瓦版屋は歩いて小半時ほどのところだ。月に二日出るという賑《にぎ》やかな露天市を通り抜けて、少々寂《さび》れた下町の狭い横道に入る。色あせた古の着物を着た子どもたちが、追う妖役と追われる人役に分かれて、鬼ごっこに似た遊びをしながら走り去っていった。

「ここが瓦版屋なの？」

長屋風の建物だった。一番奥の住居の軒に〈瓦版——八雲実話〉という木で雑に作った看板がぶら下がっているのを、真桜はうさんくさそうに見上げる。

「意外か？　工房なんてこんなものだよ」

「ふうん。……すみません、だれか……」

工房の住人に呼びかけようとした真桜だったが、ふと声を呑《の》むと、盗み聞きをするように板張りの格子戸に耳を近づけた。

「どうした？」

「ん、ちょっとね」

先客がいるようなのだ。気だるい男の声と、神経質そうな女の声がした。

真桜は戸板の継ぎ目の朽ちた隙間《すきま》から中のようすをうかがう。

ずいぶんと乱雑な部屋だった。瓦版は木版印刷なので、版木や彫刻刀、木くずなどがそこらじゅうに散らばり、刷った紙を床一面に広げて乾かしているため、足の踏み場もない。部屋の奥には紙と印刷用の道具、それから資料らしき本を収納する棚がある。その棚の近くに作業用の台が置かれていて、今、台の前に座る男は、足を投げだし、右手で彫刻刀を弄びながら、土間に立つ女の話を面倒くさそうに聞いていた。

「困りますね。こんな記事を混ぜて書いてもらっては」

女は男に向かって瓦版をぴらぴらさせ抗議をしている。真桜と同じく小袖を頭からかぶった被衣姿だった。戸口に背を向けているので顔はわからないが、まだ年若いようだ。

「私があなたに提供したのは城の内部事情だけ。なのに、イツキのことを勝手に織り交ぜてもらっては困ります」

(なんですって?)

あの女、今たしかに「城の内部事情」と言った。

「でも、そのネタ入れると、売り上げが上がるんだよな。みんな、イツキの神がどうなったかっていうの……不思議ネタというか霊験ネタというか、そういうの好きみたいでさ。だいたい急にどうしたんだよ。今までイツキの記事を入れても、寛容だったくせに」

「姫の目に入ると……ああ、いえ、とにかくイツキのネタは以後厳禁でお願いしますよ」

「おいおい、俺の雇い主でもないのに、どこにそんな権限があるんだ?」

「あらあら、私が流す帝ネタで食ってるようなものでしょう。それとも、他《ほか》の瓦版屋に乗りかえようかしらね」

「わわっと、そ、それは困る。わかった。わかったから、よそには行かないでくれ……」

「わかれば、よろしい」

（ゆ、許せない！）

夜白になんの怨《うら》みがあるか知らないが、あの女こそ、帝が暴君などというガセ情報を流していた張本人だったのだ。しかも情報の提供者であることをかさにきて、瓦版屋から言論の自由まで奪おうとしている。

戸板に耳をくっつけながら、こぶしをふるふると震わせる真桜を、紅羽はいぶかしげに見下ろした。

「なんだ怖い顔して」

「見つけたわ」

「は？」

「夜白を暴君なんて煽《あお》っている張本人よ」

「え？　やば……あいつ」

「踏み込んで、とっつまかえるわ！」

「ま、待て……おいっ」

なぜか紅羽は止めようとしたのだが、すでに真桜はガラリと戸を開けて、中に突入してしまっていた。

「ちょとあなたっ」

「わわわ……あんた誰だよ」

腰を抜かす瓦版屋の男には目もくれず、真桜は女の肩をつかむ。しかし、彼女はするりと小袖だけを空蟬《うつせみ》のように脱ぎ捨てると、軽やかな身のこなしで真桜をかわし、外の路地へと飛びだしていった。

「待ちなさい！」

真桜が外に飛びだしたときには、すでに女は細い路地を抜けようとしていて――しかし、すっと角から姿を見せた紅羽が、彼女の行く手に立ちはだかった。

「どきなさい」

女は紅羽に小声で言ったが、

「……もう、やめないか、こんなこと」

「！」

すると女は、人とは思えぬ高々とした跳躍で紅羽を飛びこそうとした。だが、紅羽は黒翼を広げると、それ以上に飛び上がる。

「飛び技で俺《おれ》に敵《かな》うと思ってんの？」

「くっ」

女はやむなく着地する。と、そこへ真桜が追いつき、がばっと背後から食らいついた。

「捕まえた！」

「わっ……」

「え？」

突然ぼんっと湧《わ》いた白い煙に女は包まれた。この煙、前にも一度見たような。

（……まさか）

真桜は自分が抱きついている相手をそろそろと確かめた。気まずそうな顔をして、真桜から視線をそらしていたのは――。

「……姫。あなたというお人は」

「た、珠黄さん!?」

❖

真桜は珠黄たちとともに、すぐに宮城に戻った。その足で夜白のもとに特攻するつもりだったが、ひとまず珠黄が夜白に事情を説明してからというので、真桜は弘鬼殿でお呼びがかかるのを、夜叉丸を抱きしめながらじりじりとした思いで待つ。

さほど時が経《た》たずして、夜白のほうで訪れてきた。珠黄を供に連れ、彼が部屋の中に入ってくると、真桜はすかさず頭を下げてまずは詫《わ》びた。

「無断で外出したことは謝ります。紅羽にも罰は与えないで。あたしが連れだしたんだから」

――でも、と顔を上げた真桜のまなざしは夜白を責めていた。

「聞いたわ」

「そうか……」

夜白ははぐらかしも、なだめすかそうともしない。覚悟を決めたような面もちだ。

「どういうこと？　あなたが瓦版に情報を流していたなんて」

夜白が暴君という情報のでどころは夜白自身だったのだ。珠黄は夜白の指示で瓦版に嘘《うそ》の情報を提供していたのである。

「理由も珠黄から聞いたはずだ」

「ええ……」

夜白にとってイツキの勾玉《まがたま》を用いることは身体に大きな負担がかかる。だから表向きにはイツキ神を封印したことにした。けれども、その代わりに周辺国からの侵攻を食い止めてくれる存在が必要だった。

それが暴君なのだと。

事実、かつての八雲は隣国と国境の小競り合いはあっても、大きな侵攻の危機にさらされることは一度もなかったという。周辺国はイツキの力を恐れていたため、侵攻に二の足を踏んでいたのだ。だが、十年前のイツキの暴走のあと、イツキの力が一時不能になったことが他国に知られてからは、八雲は侵略の危機に幾度もさらされた。

「けど、あなたは妖の力を借りて敵を退けた。八雲には妖がいる。それだけじゃ駄目なの？」

「たしかに妖は周辺国に向けての脅威にはなる。だが、逆に妖たちを手に入れれば、彼らにとっては心強い兵力ともなる」

「今度は妖を手に入れるために、周辺国が八雲に手を伸ばしてくるってこと……？」

「そうだ。だから周辺国に知らしめねばならぬのだ。八雲には、その妖を強力に束ねて支配する、さらなる恐ろしい存在――暴君がいるのだと。他国が八雲の妖に食指を動かそうものなら、暴君の逆鱗《げきりん》に触れ、塵《ちり》一つ残さず殲滅《せんめつ》させられてしまうのだと」

「……はったりじゃないの」

　はったりを責めているのではない。この人が本当の姿を自国の民になにひとつ知られぬまま、恐れられ、遠巻きにされ、生涯を過ごすことを考えるとやりきれなかったのだ。

「いいや、私は名実ともに暴君だ。内乱後に起こった戦では、討ち取った敵国の兵士たちの首を大路に並べ、夜には火をつけて、その明るさを楽しんだ。疲弊して撤退する敵軍にさえ、生の余地は与えず、挟み撃ちにして、命乞《いのちご》いにさえ耳を貸さず全滅させた」

「でも、鏡は見れなかったのよね……」

「……」

　内心では自分の犯した所業に思い悩んでいたのだ。暴君になりきろうとした彼は、その本心と向き合いたくないから鏡を避けていた。

「このまま、ずっと暴君でいるつもり……？」

「おまえがいる。私はそれだけでいい」

「あたしは嫌よっ」

即座に、全力で、真桜は答えを返していた。

自分の言っていることが我がままとは承知していた。戦のことなんてなにも知らずのほほんと過ごしてきた女子高生が、ちっぽけな私情を振りかざしてるだけだなのだと。けれど、言わずにはいられなかった。

夜白は少し悲しそうな顔をする。

「暴君の后《きさき》では不服か……」

「そうじゃないって！」

真桜はそれもまた全力で答えていた。

「……私はそなたと黄泉《よみ》まで供にいたいのに」

「駄目っ」

真桜は首をぶんぶんと横に振って、夜白の口説き文句を否む。両手を伸ばすと、彼の頬《ほお》を挟んで、きつく諭した。

「そんな言葉使わないで。あなたは暴君じゃないんだから」

「……では、どう言えばいい？」

「普通に言ったらいいのよ。ずっと一緒にって」

「そう言えばいいのか」

「そうよ」

「それで、おまえは応《こた》えてくれるのか？」

思いがけない問いかけに真桜はとまどう。

「……応える？」

「そう言えば、そなたの口は私を愛おしいと紡いでくれるのかと訊いているのだ」

「……」

「いつも想《おも》いを伝えるのは私ばかり。そなたは一度も私に想いを伝えてくれていない……」

「……」

真桜は急に言葉に詰まってしまった。そうだ。夜白にばかりとやかく言って、自分自身はずっと心を明かさなかった。いつかは元の世界に戻れる——その望みがあったから、彼への答えへをはぐらかしていた。

「あたしは……」

本当はもう自覚しているのだ。けれど、これを口にしてしまったら、今度こそ自分は家族のもとへ帰る望みを捨てなければいけなくなるのではという恐れがあった。

（……帰りたい）

「……私と供にいてくれ」

真桜の心の声と、夜白の問いかけが重なる。

「真桜……」

真桜は夜白に精一杯の優しさでそっと抱きしめられ、

「………」

それでも真桜は答えられない。なにかが喉の奥につっかえて、真桜の甘い想いを唇に通してくれない。

「それがそなたの答えか……？」

夜白の声はひどく落胆したものだった。

だが、次の瞬間、彼はくすりと。やがては、くすくすと身体を震わせて笑いだす。

「……夜白？」

「……やはり、橘《たちばな》が申していたとおりであったか」

「え？」

「先ほど、私のところに言づてがあった。奴が…橘清常《きよつね》がすべて白状したそうだ。召喚した日にそなたをさらい、私を更生するようそなたに依頼したと。私が暴君を改め、妖を遠ざければ、清常は元の役職に復帰できる。そうした上で、奴がそなたを元の世界に戻すよう私に進言する

——との約束と交わしたそうだな」

「それは……っ」

　真桜は夜白を見上げようとしたが、ぎゅっと抱きすくめられ、顔を上げられない。ただ恐ろしく冷ややかで、淡々とした声だけが、真桜の頭上に降ってくる。

「……真桜、ついでだから、もうひとつ面白い事実を教えてやろう」

「……」

「この国の王族を皆殺しにしたのは、他ならぬ私だ」

（なんですって!?）

「それに私は生き残った王太子と……世間ではそういうことにしているが、実際は違う。私は王の弟の息子だ。しかも継承権すらけっして回ってくることはない」

　もう彼の言うことひとつひとつが、真桜にとっては衝撃だった。

「ど、どうして……?」

　なぜ夜白には継承権が回ってこないのだろう。が、なぜか彼はその理由を濁すように先に話を進めてしまう。

「そもそも十年前のあれは内乱などではなかった。ないがしろにされてきた私の鬱屈《うっくつ》が、あの日、イツキの勾玉の前で爆発し、そして暴走させてしまったのだ。そのせいで異世界で封印されていた大勢の妖たちを城内に召喚し、私は異世界に飛ばされた」

「だったらただの事故じゃない」

「けれど私はあの出来事を利用した」

「利用…した？」

「この世界に戻ってきた私は、イツキの暴走は内乱から生じたものと偽りの情報を流し、世間には王太子と偽って玉座を簒奪《さんだつ》した」

「あなたがそうしなきゃ、この国は滅んでいたわ」

「結果的にそうなっただけだ。私は国を守りたくてそうしたわけではない。ただ居場所が欲しかっただけだ。私と、そしてそなたが安穏に暮らせるな」

夜白が努めて冷ややかに話そうとしているのが伝わってくる。その声を聞いていると、真桜は胸が苦しくてしかたがない。

「だから私はこの場所を守った。しかし、その一方で私を長年ないがしろにしたこの国が憎かった。それゆえ、かつての王族の近臣たちを要職から追いだした。目に入る光景を、受け継がれてきた文明をすべて壊し、作りかえもした」

「………」

「八雲は帝の私情で成りたっている国だ。それでもそなたは私を暴君でないと言うか」

真桜はすぐには答えられなかった。

「…………わからないよ」

長々と考え、結局、そう言うしかなかった。

わからない。全然、わからないのだ。

どうしてなのだろう。嫌われるような言葉を吐いてくるくせに、抱きしめてくる彼の腕がこんなにも優しいのは——彼の本心がまるでわからない。わからない人に、自分はどんな気持ちを抱けばいいのかもわからなくなってきて、真桜の心はもう収拾がつかなくなっている。

と、優しかった腕がふいにするりとほどけ、夜白はすげなく立ち上がった。

「私を謀《はか》ったそなたの罪は重い。追って沙汰《さた》するので、心して待て」

そう告げた彼はすでに真桜に背を向けていた。まるで表情を真桜にひた隠しにするかのように。

彼は足早に部屋を出ていく。はっとなにやら思いたった真桜が時間差で腰を上げ、部屋を飛び出したが、彼はもう青妖殿に向かう渡り廊のあたりを歩いていた。

珠黄が簀子縁の曲がり角あたりにたたずみ、遠ざかる夜白を見守るように見つめていたので、真桜は彼に走り寄って言づてを頼む。

「夜白に伝えてくれる?」

「姫……」

「あのね、あたしはやっぱり暴君じゃなくて、皆に愛される帝のほうがいいと思うの。国の事情なんてよくわからないから、素人《しろうと》の勝手な言いぶんかもしれないけど……好きな人だから守ろうって思うんだわ。たくさんの人がそう思って心がひとつになっている国のほうが、まやかしの暴君で睨《にら》みをきかせている国より、きっとずっと強いんじゃないかしら」

定まらぬ思いの中、これだけは真桜の確かな気持ちだ。

「……もしかして、あたしの言ってること、変？」

「……いいえ」

珠黄は目を細めて柔らかに微笑む。

「主上にお伝えしますよ。あの方が聞く耳を持ってくだされればね」

そう言って、彼もまた去っていった。

❖

珠黄が青妖殿の政務室に戻ると、夜白はすでに文机の前にいて、たまった文書の確認に没頭している――というか、没頭しようと努力している。

「姫のご処分はどうなさるおつもりで？」

珠黄が夜白の傍らに腰を下ろして尋ねるが、夜白は無言のままだ。

「主上」

「なんだ。私は忙しい。手短に話せ」

「わかりました。では、姫からの言づてはすっ飛ばしまして」

珠黄はすうっと息を吸うと、

「ばっかじゃねえの。おまえ」

「!?」

夜白が驚いたように首をねじ向けると、珠黄は彼の肩を両手でどんと突き、床に押し倒して腰にまたがったのだった。

「さあて、最近ご無沙汰《ぶさた》でしたので興奮してまいりましたよ」

「なにをするっ」

「わたくしの心を高ぶらせるといったら、もちろん拷問《ごうもん》ですよ。お、し、お、き。十年前にも一度してさしあげましたよね。あのときは……お漏らしでしたっけ？　たしか城が陥落寸前の絶体絶命でした。敵兵と廊下でかち合うかもしれないから、厠《かわや》に行けないと我慢して、粗相《そそう》したのでしたね。お尻《しり》を百回ほどぺんぺんしてさしあげたはず」

「む、昔のことだ。だいたい今の私は仕置を受けるようなことはしてはおらぬぞ」

「気づいておられぬなら、なおのことたちが悪い。ますます仕置が必要です。さて、主上のお好みは？　生爪《なまつめ》はがしましょうか。それとも定番の笞打《むちう》ちですか。それとも子ども時代の恥ずかしい話を耳もとでしてさしあげましょうか。……ああ、やっぱりこれですね」

夜白の胸もとに手をかけた珠黄は、乱暴に開いて、彼の素肌をあらわにさせると、

「さあ、いらっしゃい、我が眷属《けんぞく》たち」

かけ声で、八匹の子狐たちが待ってましたとばかりに部屋に入ってくる。最後にはなぜか紅羽も姿を見せたので、珠黄は鼻白んだ。

「どうして、あなたもいるのです？」

「毎回やられっぱなしだからな。たまには他人がやられるところを拝みたい。とくにこの大うつけの仕置ならば壮快な気分になれそうだ」

「おや、仕置は自ら手がけてこそ楽しいのですよ。見学など趣味が悪いですね」

「お互いさまだろ。さっさと始めてくれよ」

「どういうつもりだ、珠黄っ、紅羽っ」

夜白は身じろぎするが、珠黄はびくともせず、生き生きとした目で夜白をのぞき込む。

「主上、ご存じですか。最強の拷問とはなにか——足洗邸《あしあらいやしき》に踏みつけられる痛みでも、鬼火に全身をさすられる熱さでも、雪女郎《ゆきじょろう》に吐息を吹きかけられる冷たさでも、ましてやわたくしの言葉責めによる羞恥《しゅうち》でもありません——この子たちのくすぐりです」

彼がそう言うと、八匹の子狐たちは夜白を囲んだ。お尻をいっせいに彼のほうに向け、豊かなしっぽをふさりと揺らして、くすぐりの態勢に入る。

「そなたっ、乱心したかっ」

「ふふっ。乱心するのは主上ですよ。たかがくすぐりと侮るなかれ。肉体を傷つけないだけに、責めは長引き、やがてその苦しみから逃れるために、気がふれる」

「やめよっ」

「いいではないですか。気がふれてしまえば、姫のことも忘れられます。最愛の人に裏切られては、彼女との淡い恋の思い出ももはやお荷物なだけでございましょう」

「！」

夜白は渾身《こんしん》の力で起き上がると、珠黄をどんっと押しのけた。珠黄は床にしたたかに転び、しかしながら、いたわるように夜白を見やる。

「……わかっていただけましたか。あなたさまへの仕置の理由が」

「なんなのだ、いったい……」

「まだわかりませぬか。主上は暴君にあるまじきお心を抱かれている——優しさです」

「……優しさなどっ」

「いいえ。姫はただひたすら望郷の念に駆られている。そのことに気づきもせず、ひたすら己が恋心を押しつけていた自分を責めておられるのでしょう」

夜白が気まずそうな面もちをするのを見て、紅羽はけたけたと笑いだした。

「はっ、姫さんが向こうでつらい生活を送っている…なんて思ってたのは、主上のとんだ勘違いだったかもしれないな。だったら召喚はさぞ迷惑だったことだろうよ」

「私の預けた指輪をはめていたのだ……」

「本当に本人の意思か、怪しいもんだ。もしや例のことが関係してるんじゃねえの？」

「……」

「つか、姫さんをどうすんだ？　まさか元の世界に帰してやるのか」

「私は……」

夜白がとまどうように言葉を濁せば、

「それもアリって顔だな。暴君のくせに甘い奴だ。なあ、だったら、姫さん、俺にくれよ」

「貴様にだとっ？」

「あんたを謀った女がどうなろうと別にかまわないだろう。よし、決まり。俺の嫁だ」

「勝手に決めるなっ」

しかし、紅羽はもう真桜をもらったつもりで浮き浮きとはしゃぎ、

「主上を手玉にとろうなんて、あの姫さん、なかなかしたたかじゃねえか。俺は腹黒い女のほうがそそるんだよ。それに彼女は行動力もある。主上が暴君じゃないと世間に知ってもらうために、わざわざ自分の足で瓦版屋に出向くぐらいに勇ましくて……て、あれれぇ？」

突然、紅羽はわざとらしい声をあげて、首をかしげる。

「おっかしいなあ。これって清常の依頼の範疇《はんちゅう》じゃないよなぁ」

「なにっ？」

「どっちかというと、主上のためって感じ？　なんで姫はこんなことしたんだろ？　ま、いい

か。俺のものになるんだし、そんなこと………ぐわっ！」

紅羽は腹部を両手で押さえていた。夜白が紅羽のみぞおちに向かって痛烈なこぶしを突きだしていたのだ。紅羽はがくりとその場にくずおれる。

「……ちくしょ、痛ぇ」

「貴様の好きにはさせん。真桜はまだ私のもの……」

「……いらないんじゃないのかよ」

「そんなことは一言も言っておらぬ。真桜は私を謀ったのだ。私自身の手で厳重に処罰せねば気がすまぬ」

「……どうやって？」

「決まっている。あれの気持ちを変えてみせる。騙して、すかして、私のことしか考えられぬようにして、元の世界への未練など忘れさせてみせる……それが暴君たる私の報復」

紅羽は吹きだしたいのを必死に押し殺して、夜白に問いかける。

「……なあ、そういうのって、別の言い方があるの知ってる？」

「？」

恋の駆け引き――と答えてやりたいところだが、本気で殴ってきたのが、やっぱり腹立たしいので、紅羽は黙っていることにする。

「なら、さっさと行ってきな。その報復はすぐに行動に移したほうが効果があるってことだけは助言しといてやる。暴君の恐ろしさ、姫さんにとくと植え付けてやれ」

紅羽がしっしと手を払うと、夜白は一瞬、ためらうような面もちをしたが、すぐに急《せ》くような足どりで青妖殿を飛びだしていく。

やれやれと床に大の字に寝んだ紅羽を、珠黄は呆《あき》れた目で見下ろした。

「まったくあなたにも困ったものですねえ。主上がせっかく優しさをご自覚なされたのに、また焚《た》きつけてしまうとは」

「あいつが優しいのは前からだろ。てめえこそ、今日の今日まで偽の暴君情報を瓦版屋に垂れ流してたのが、急にどういう風の吹き回しだ？」

「人をおびやかすことこそが妖の本懐……そう思っていた時期もあったのです。だから暴君を望む主上に手を貸した。だが、やはりあの方は暴君に堕《お》ちるべきではない」

「なら、どうして、ずるずると続けさせせた」

「ずっと人に忌まれてきたわたくしが、誰かを万人に愛される存在に育てるなど……」

「自信がなかった…てか？」

「……でも姫の言葉で決意がつきました。彼女がいれば、ひょっとしたらってね。わたくしたちにはできない主上と民との架け橋になってくださるかもしれないと」

「ははっ。よく言うぜ。架け橋が欲しいのはあんたもだろ。ふたりに便乗して、あんた自身も人に愛されてみたいって顔してるけどな」

と、紅羽が珠黄を冷やかせば、

「まさか。わたくしはあなたほど人好きではありませんよ。妖の身で人に憧《あこが》れて、人に近づき、けれど姿のせいで嫌われ、封印された。それでもまだ人が恋しい、変わり者の妖さん」

「ああ、ああ、そうだ。けど、俺は女限定だと付け加えとく」

「でも、主上のお側だってまんざらではないのでしょう」

「てめえもだろが。同じ穴の狢《むじな》め」

「狢？　失敬な。わたくしは狐です」

そう言って苦笑したふたりは、非常に人間臭かった。

❖

夜白は弘鬼殿へ向かう。すぐ近くの殿舎だというのに、なかなかたどり着けない気がしてもどかしい。

（……真桜、教えてくれ）

彼女の気持ちが知りたかった。ほんの少しでも私を愛おしいという気持ちがあるのなら――それを言ってくれなかったことを許さない。この罪は重い――抱きしめて、唇で息の根を止めて、もう心ともども彼女のすべてを支配してやるのだ。

だが、夜白はふと足を止める。ただならぬ気配を察知したからだった。耳をすませば、外ノ宮の方角が騒がしく、鬼火が慌てたようすでこちらにやってきた。

——ああ、主上、こちらでしたかっ。た、大変ですっ。

「いかがした？」

——常葉《ときわ》が襲撃してきましたっ。

「なんだとっ？　常葉が!?」

——城に正面からかかってきたんですよ。ありゃどう見ても正気じゃありません。

夜白ははっと弘鬼殿のほうをふり返った。

「真桜には知らせたのか？」

——はあ。姫さまには別の鬼火が知らせに行ってるはず……あ、主上っ、主上っ！

夜白は自ら彼女の安否を確認すべく駆けだしていた。

弘鬼殿につくと、障子を乱暴に開き、部屋の中に飛び込んだのだが、

（……真桜？）

真桜は夜叉丸ともども姿を消していた。

六、さようなら八雲《やくも》

外ノ宮の宵堂院前の広場は禍々《まがまが》しい狂騒にかき乱されていた。

……ほほほ……妾《わらわ》の美しい姿を……見てくりゃあせ……っ！

顔面に包帯を幾重にも巻きつけた常葉《ときわ》が、上空から蝶《ちょう》の羽を激しく羽ばたかせるたびに、野《の》分《わき》のような暴風が鱗粉《りんぷん》を含んで周囲に吹き荒れる。

「吸うなっ。人ならひとたまりもないぞっ」

怒号や悲鳴にも似た声があちこちから飛びかい、衛士たちは警備を放棄して、鼻を袖《そで》で覆いながら、宮城の奥へ奥へと避難している。

もはやその場にいるのは妖《あやかし》ばかりだった。しかしながら、彼らも常葉の鱗粉の恐ろしさは、この前の盗賊討伐《とうばつ》で身に染みて知っているため、うっかり近づけず、殿舎の柱や植え込みの陰に隠れて、反撃の機会をじっと待つしかない。

鬼火《おにび》から報告を受けた紅羽《くれは》が、宵堂院の屋根の上にひらりと立つ。手にはめったに持たない錫杖《しゃくじょう》があった。

その隣に九尾の狐《きつね》に変じた珠黄《たまき》が降り立つと、紅羽は案じるように見やる。

「おい、おまえ、鱗粉《あれ》がかかっちまうぞ」

「対策は万全ですよ。そちらこそ」

「なに言ってんだ。風は俺《おれ》の味方だっての」

紅羽はみずからの翼をはばたかせて周囲の風向きを変え、また、珠黄は九尾をぐるぐると扇風機のように高速回転させ、鱗粉を避けていた。

ふたりは常葉を剣呑《けんのん》に、そして憐《あわ》れむようにも見つめる。

「……正気の沙汰《さた》ではありませんね」

「ああ、たしかにな」

殿舎の屋根の上にいる珠黄たちの姿は、常葉の視界にも入っているはずが、彼女は攻撃してこようともしない。羽がもう哀れなほどに朽ちているのに。なにかに憑《つ》かれたようにむやみに羽ばたかせている。ただ確実に死に向かって羽ばたいているだけなのだ。

常葉をうっすらと包む青い光――あれが原因のようだった。

「もしや、あの光こそが真のイツキの力ってか」

「のようですね。ま、知らなかったのもしかたありません。わたくしも、あなたも、この国がヤクモだった頃《ころ》は異世界にいた。主上《おかみ》も部外者みたいなものでしたからね」

「で、どうすんだよ。このありさま」

「放っておいても、彼女はいずれ力尽きるでしょう。しかし……」

珠黄は暴風のせいで荒れた庭園や、無残にはがれた屋根を見回して、困ったように鼻先に皺《しわ》を寄せた。

「あまり城内を荒らされると、修繕費がかさみます」

「俺は女の醜態を長々と見たくないたちなんでね」

「意見が一致したようですね」

「おうっ。行くぜっ」

ふたつの妖の影が、宵堂院の屋根から華麗に飛び上がった。

❖

その頃、常葉襲撃の一報を受けた真桜《まお》は、夜叉丸《やしゃまる》を胸もとにくるみながら、鬼火の誘導に従い、宮城の奥へと避難しようとしていた。しかし足どりは後ろ髪を引かれるかのように遅々として、外ノ宮より逃げてきた衛士たちが、彼女を頻繁に追いこしていく。

——ひ、姫、急ぎなされ。ほれ、早う、早うっ。

鬼火がせっつくと、ふいに真桜は決意を固めた顔つきで立ち止まった。鬼火がいぶかしげに彼女の周囲をぐるぐると回る。

——な、なにを迷っておられる。

「迷って当然だわ」

それは鬼火への答えでなく、真桜のひとりごとだった。

「だって、どっちを選べとか無理にきまってる。元の世界も、夜白《やしろ》も」

——いったいなんのことじゃ？　姫。

（……夜白、違うのよ）

あのとき、夜白に気持ちを問いつめられ、真桜はなにも言えず、彼を傷つけた。夜白は思っていることだろう——真桜は自分を選ばなかったと。だが真桜の本心はそうではない。どちらかを無理に選ぼうとして、けれどどうしても選べなかっただけだ。

（だったら、べつにいいじゃない。選べなくても）

無理に選んでも、所詮《しょせん》、見せかけの潔《いさぎよ》さにすぎない。むしろ選べないという優柔不断な本心を、夜白に洗いざらい打ちあけることのほうが大事なのではないだろうか。

ずっと自分は夜白を偽ってきた。彼もまた真桜に隠し事をしてきた。しかしそれではなにも変わらない。互いにすべてを明かすことで、別の道が開けるような気がするのだ。たとえその道がどこに至ろうとも、自分の正直な思いが招いた結果なら、後悔はしないはず。

そう気づいたとたん、真桜は方向転換して足早に歩きだしていた。

――姫っ、どこに行きなさるっ。そっちは外ノ宮じゃぞっ。

「だから行くのよ」

真桜は鬼火にふり返り、迷いのない声で答えた。今ごろ外ノ宮では常葉と夜白が戦っているだろう。その決定的瞬間を携帯に収めるつもりだった。

もちろん瓦版屋《かわらばん》に情報を流すためである。記事にして、夜白の本当の姿を城下の人たちに知ってもらいたいから。

(これだってあたしの本心なのよっ)

もはやだれかに頼まれたからではない。彼に暴君を返上させたい――元の世界に戻りたいのと同じくらいに自分はそれを切望している。だから今はそのために行動しよう。

真桜は携帯を懐から取りだした。さすがに使いすぎたか、バッテリーの残量がもうあまりない。これが最後のチャンスになりそうだと足を速めたのだが、逃げる衛士たちにまぎれてやってきた背高な男が、ふいに立ちはだかり、行く手を阻む。相手の顔を見て、真桜は息を呑《の》んだ。

「夕羅《ゆら》……!?」

「お久しぶりですね。いえ、そうでもありませんか」

異国に逃げたのではなかったのか。真桜が硬直した足どりで一歩下がると、彼は冷静沈着をはり付けたような顔に、うっすらと笑みを浮かべる。

「どうしたのです？　私が怖いですか」

「ゆ、指輪を奪った泥棒だもの。あ、あたりまえでしょうっ」

真桜はそう言ったものの、なにやら違う気がした。指輪を奪われるより以前、初めて会ったときから、彼を前にすると、いつも胸をつかれるような感覚に襲われる。それは出会いたくない者と顔を合わせたときの、嫌悪や恐怖に似ていると気づいた。

「どうしてまだここにいるの……?」

「忘れ物をしましてね」

「忘れ物?」

「あなたと、イツキと、そして、もうひとつ——ヤクモの玉座を」

「玉座ですって……?」

まさかこの人は八雲の国主になるつもりなのか——思っていると、ふたりの間に鬼火がふわふわと割り込んできた。

——貴様、何者じゃっ。姫に手出しをすると、主上が黙っておらぬぞっ。

夜叉丸もまた夕羅にぐるると威嚇の声をあげる。

「静かにしていただけますか。私は騒がしいのが嫌いなのです」

夕羅の顔からすっと笑みが消え、懐に手を差しいれる。刃物のたぐいでも出してくるのかと、真桜はそのつもりで身がまえたのだが、彼が向けてきたものは予想の範疇《はんちゅう》を超えていた。

「……嘘《うそ》……でしょ」

思わず声に出して言ってしまう。

真桜の目に映っていたのは、拳銃《けんじゅう》の銃口だった。

――なんじゃこりゃ？　種子島とかいう武器に似ておるが、こんな小さなものではネズミ一匹もしとめられんわっ。

「駄目っ」

真桜は刃向かおうとする鬼火を慌てて制し、夜叉丸を撫《な》でて、威嚇せぬようなだめる。

「あ、あなた、ど、どこで……そんなものを……？」

「色々ございましてね。それよりも手を出していただけますか」

拒んで、拳銃をぶっ放されては困る。真桜が恐る恐る右手を出すと、夕羅は左手に握っていたものを彼女の薬指にはめた。あの青い貴石の指輪だった。

（……あ……）

ほんの一瞬、意識が混濁するような感覚がしたが、すぐに持ち直す。もしやこれのせいかとぞっとした目で指輪を見やると、夕羅は「ほう…」と感心したような声を上げた。

「はめられただけで影響が出てしまう〈カンナギ〉もいるのですがね。どうやらあなたは私の……いいえ、ヤクモの理想のカンナギかもしれない」

「かんなぎ？」

首をかしげる真桜の背後に、夕羅はすばやく回り、彼女の背に銃口をぴたりと当てた。

「さあ、参りましょうか。カンナギ姫……」

❖

真桜は銃口を背に当てられ、夕羅の指示で宮城の奥へと進む。

鬼火と夜叉丸は置いてきた。だれかに知らせには行ったようだが、外ノ宮があの騒ぎでは、駆けつけてくる余裕などないだろうと真桜は諦《あきら》めていた。

連れてこられたのは、内ノ宮を抜けた先に繁《しげ》る鬱蒼《うっそう》とした竹藪《たけやぶ》だ。この世界に召喚された初日に迷い込んだ場所と似ている。あのときは夜だったが、夕暮れ時の今でも、すでにここはなにかを隠すかのように、暗澹《あんたん》とした帳《とばり》が落ちている。

「ど、どこに行くつもり……？」

「イツキの保管場所です」

しかし夕羅自身もそこへの道順はよくわかっていないらしい。先ほどから真桜の右手を頻繁にとり、指輪の石が放つ光の明滅具合で行き先を確かめているようだった。

指輪が明滅するたびに、真桜は意識が乱される気がして、不安でしかたがない。

「……いちいちこうするなら、あなたがこれをはめたらいいのに」

「そうしたいのはやまやまですが、このイツキは常葉のために、また多くの気を消耗してしまいましたからね」

「これもイツキなの？　イツキって夜白が持ってる五つの勾玉のことじゃ……」

「イツキは六つの玉でなりたっているのですよ。ただしこの青玉だけは持てる力が格段に違う主玉だ。この青を使いこなすことによって、他《ほか》の五つの真の力も引きだせるのです」

「でも、これ……形が他のものと違うわ」

「元は他の五つよりも大きかった。ただ二百年ほど前にも一度イツキが暴走しまして、砕けてしまったのです。そこで王族たちは装身具に加工し、分割して所有することにした。この指輪はヤクモの正統な後継者が持つべきものです」

夕羅の含みのある物言いは、ある事実を告げたそうだった。真桜はつと足を止める。

「正統な後継者って……もしかして、夕羅、あなたが」

「あなたが思っているとおりです。本来なら私がヤクモの玉座を継いでいた」

では夕羅が王太子だったのだ。内乱で亡くなっていたわけではなかったのだ。

「ど、どういうこと？　清常は？　彼は知ってて、あなたを仲間にしたの？」

「ええ。キヨツネはヤシロが王太子でないとは感づいていたようでね。ただ封印されたとはいえ、ヤシロのもとにイツキがあっては、彼は手が出せず、衛府の役人に甘んじていた。そこに私が突然現れた。彼は王族によく胡麻《ごま》をすっていたので、成長しても、私の顔を覚えていましたよ。すぐに協力すると食いついてきました」

「じゃあ、私に夜白の更生を頼んだのは」

「彼ははなからあなたに期待などしていませんでした。更生を持ちかけたのは、私がヤシロからすべてを奪還するための時間稼ぎにすぎません」

「でも、彼は捕まったじゃないの」

「正直せいせいしています。どうやらイツキが玉だと薄々知っていたらしく、私が玉を取り返すのに乗じて奪い、己が君主にと野心を抱いていたようです。なので、彼の捕縛をヤシロに誘導しようとしたのですが……ヤシロのほうで先んじて捕縛してくれましたね」

「なっ。清常が捕まったら、あなたの存在だって夜白の耳に入るかもしれないのに……」

「もちろん捕縛前のキヨツネに、味方のふりをして言っておきましたよ。イツキをすべて取り返せば、助けてやるから、私のことだけは絶対に口外するなと、ね」

狡猾《こうかつ》な男だ。だが夕羅のそんな気性を知るにつれ、真桜はあることが気にかかった。

「……夕羅、あなた、この十年どうしてたの？」

ここまで奸計《かんけい》を巡らした彼が、夜白が玉座にいるのを十年も手をこまねいて傍観していたとは思えない。

「やはり、あなたはまったく覚えていらっしゃらないのですね。残念です」

夕羅はどこかわざとらしい嘆息をついた。

「……十年前の内乱で異世界に飛ばされたのは、ヤシロだけではないと言ったら？」

「まさか……っ」

真桜は背中に銃口があるのも忘れて、ふり返ってしまう。

「そのまさかです。あの廃屋には私もいた。もっともカウンターの陰にいたせいで、あなたたちには気づかれませんでした。しばらく気絶していたのです。……気がつけば、ちょうどヤシロがあなたに指輪を預け、彼だけが元の世界に戻っていくところでした」

夕羅は表情に悔しさをあからさまに滲《にじ》ませていた。

「あなたがひとりになった後、指輪を取り返すつもりが……すぐに大人たちが駆けつけてきて、できなかった。今思えば、後悔しています。あのとき、姿を見せればよかったと。けれど、まったく知らない世界に放りだされては、だれもが敵に見えた……」

「……」

「それでも十年過ごすと、異世界でも居場所ができるものですね。しかし、私の望郷の念は消えなかった。いいえ、望郷ではない。乱れているであろう国を憂う気持ちです。それで、思い立って、あの指輪を受けとった少女を捜してみることにしました。廃屋で少女が〈マオ〉と名のっていたのと、わずかに覚えている面影を頼りにね」

彼はそう言って、銃身で真桜の頬《ほお》をそっと撫でる。

「案外たやすく捜しだせました。私は違法行為も厭《いと》わない組織にいましたし、あなたがずっと住居を替えていなかったという幸運もあった。下校途中のあなたに偶然を装って近づき、あの図書館で指輪を落としたことがあると話を持っていったら、あなたは自分が持っているものかもしれないと言って、翌日、最寄りの駅で渡す約束をしてくれたのです。――しかし、あなたは約束の時間になっても来なかった」

どうして行かなかったのだろう。自分のことのはずなのに、真桜はまったくわからない。

「私はあなたの自宅まで訪ねた。すると、あなたが慌てて家を出てくるところだった。あなたは言いました――幼馴染《おさななじ》みが買い物途中に財布を落としたそうだから、今すぐ貸してやりにいくのだ、と」

話しながら、ふいに夕羅はくすっと吹きだす。

「な、なに？」

「失礼。私どころか、幼馴染みの嘘にも、あなたが引っかかってらっしゃるから」

「どうして嘘ってわかるのよ」

「あの世界で多くの嘘をつき、つかれてきた私の勘です。それに、その幼馴染みとやら、萌《も》えっていいましたっけ。あなた、昔から彼女にいいように振り回されてきたようですね。本当に安請け合いの好きなお方だ。呆《あき》れるほどにね」

「別にいいじゃない……」

真桜は受け流す。以前までは嫌だったはずの性格が、今は揶揄《やゆ》されてもそれほど不快にならないのだ。きっと夜白が認めてくれたおかげだろう。

「あなたは急いでいるからと、その場で私に指輪を返そうとしました。……が、指輪を受けとろうとした瞬間、指輪が光った。夜白があなたを召喚しようとするのと重なったのです」

「だ、だったら、あなたひとりで帰ったらよかったのに……」

「まあ、色々とあるのですが……そもそも、十年も経《た》って、この国がどうなっているかもわからないのに、単独で戻るのは危険でしょう。夜白の目的があなたなら、彼の意識をあなたに引きつけておき、ヤクモの現状を知る必要があったのですよ」

　しかし、自分はどうしてこうも召喚前のことを覚えていないのだろう。真桜が不安そうな面もちをすると、夜白はその理由を教えてくれる。

「覚えていないのは、その指輪のせいです」

「これの？」

「どうせまた忘れるはずだから、なにもかも教えてさしあげましょう。イツキはね、実はこの世界の人間だけでは使えない。異世界の者が持つ気を玉に与えないと力を発揮しない。ところが力を引きだすのは、我々でないと不可能なのです」

　つまりイツキは異世界の人間と、この世界の人間で、初めて使い物になるということだ。

「そして、そのイツキに気を与えるため、異世界から召喚された人間を、我々ヤクモ王族は〈カンナギ〉と呼んでいた」

　真桜はたいへんなことを知ってしまった。

「じゃ、じゃあ、ヤクモ王族は異世界の人間をさらってたってことじゃない」

ヤクモはイツキのおかげで栄えたのだから、召喚は常習的だったのだろう。内乱以前は言語も違っていたし、交渉して連れてきたとは思えない。自分のように突然召喚されたのではないだろうか。だとしたら、ずいぶんと乱暴な話ではないか。

「さらったとは人聞きの悪い。カンナギはヤクモの栄華のために選ばれたのです。ただ、困ったことに、イツキに気を与えると、彼らはどこかしらに支障が出てしまう。視力を失ってしまう者、言葉を出せなくなる者。ああ、自我を失うカンナギもいますね。それから――あなたのように記憶障害をともなうことも」

「！」

真桜はとっさに指輪を抜こうとしたが、夕羅に手首をつかまれてしまった。

「指輪をはめられただけで、倒れてしまう者もいるそうですから、記憶障害だけなら、よいカンナギの資質をお持ちですよ。ヤシロの母親のように」

「夜白のお母さんってカンナギだったの……!?」

「そうです。だが叔父がこともあろうに、召喚されたばかりの彼女に懸想《けそう》し、通じて、孕《はら》ませてしまった。そうして生まれたのが、彼です」

「夜白はそのことを……」

「出生のことはなんとなくは知っていたでしょうね。王族内では公然の秘密のようなもので、のけ者にされていましたから。しかし彼女はカンナギとしては優秀だったのですよ。ですからヤシロには母は亡くなったものと思い込ませ、彼女にはカンナギを続けてもらっていた。だが十年前……」

過去を思い返した夕羅が、紫紺《しこん》の浮く瞳《ひとみ》に隠しきれない怒りをはらませたそのとき――ざざっと茂みが揺れる音がして、ふり返ると、夜白が竹藪の奥にたたずんでいた。

彼もまた怒りと、そしてかすかな憂いを紫紺色の瞳に滲ませている。

「おや、わざわざ残りのイツキをお持ちくださったのですか」

夕羅は銃口を夜白に向けて言った。夜白の胸もとには五つの勾玉がぶら下がっている。まるで再会を喜ぶかのように、互いの玉が淡く光り、澄んだ共鳴音を奏でた。

「……やはり生きていたのか」

「気づいてたような口振りですね。いつからです」

「真桜から指輪を持ち去った後だ。こちらのイツキが時折妙な反応をした。それで王族のだれかが反応させているのではとな。……しかし、ユラ、おまえだったとは」

「私がおわかりなのですね」

「忘れるものか。奈落の八寒よりも凍てつくようなその冷たいまなざし。少しも変わっていないのだ。他の王族の子息たちは私の出生をからかったが、おまえはそれすらもしなかった」

「ええ。卑しきに触れるは、卑しき者だけですから」

夕羅は高潔だが冷ややかな声音でそう返す。

「しかし、あなたが帝《みかど》を名のっているとはね。この指輪の価値も知らないあなたが。彼女にさせたままにしていたのは誤算でしたよ」

「ずっと母のものだと思っていた。彼女の指にあるのを見たから。同じ玉の首飾りを父が身につけていたのを知っているのだ。だから父が母に送ったものだとな……」

「浅はかです。あのとき、もっとよく見回せば、他の王族たちもしていたのが目に入ったはず。ま、それどころではなかったでしょう。あれが母との最初で最後の対面ではね」

夕羅が言うなり、銃声がしたので、真桜はすくみ上がる。直後、夜白は片膝《かたひざ》を地に落としていた。弾をかろうじて避けたようだったが、鮮血に染まった左肩を押さえながら、おぼつかない立ち方をする。

「簒奪者《さんだつ》がっ！」

夕羅は憎悪を込めて叫んだ。

「なぜあのとき、来たのです！　王族と認められぬあなたは、あの塔に入ることを許されていなかった。カンナギの幽閉されたあの塔に！」

「……好奇心だ。私の母は異世界の者だと聞いていた。あの塔に同じ異世界から召喚された者がいるなら、見てみたかった。おまえたちが入っていくのが見えて、いつもは鍵《かぎ》がかかっているはずが、忘れていたのだろう。かかっていなかった……それだけだ……」

「だが、そのせいで彼女は失った記憶を取りもどしてしまった。恐ろしいものですね、母親の勘というものは。十年イツキに気を送りつづけ、すっかり記憶を失ったはずなのに、赤子のときに取り上げられたあなたを一目見て、息子だと悟るとは。急激な記憶の回帰で、彼女は混乱をきたし、イツキは暴走した」

「暴走させたのは母ではない。私だ。私もカンナギの血を引いているのだから、素質はある。母が生きていたという事実に動揺して、イツキを狂わせてしまった」

「一度しかまみえたことのない母を庇《かば》うのですか。それともふたりの気が合わさったゆえの暴走か。……まあ、どっちでもいいことです。あのことで、私の失ったものは大きい」

「……悪いとは思っている」

「貴様ごときが、私を憐れむな！」

二度目の銃声。しかし弾は大きく外れていた。真桜が夕羅の右腕にとっさにしがみついていたのである。

「こんなことをしたら、今度はあなたが簒奪者じゃないのっ」

「違うっ。身のほどもわきまえず、カンナギの塔に入り込み、あげくの果てには一族を滅ぼして、玉座を奪った悪党を始末するだけですっ」

「でも、夜白だって八雲を守るために、つらい思いをいっぱいしてきたはずよっ。けっして玉座でのうのうとしていたわけじゃないものっ」

「それは私も同じっ。戸籍もない、言葉も通じない、たかだか十やそこらの子どもが、あの地でまともに生きられぬことくらい、あなたでもわかるはずでしょうっ。地下の世界で、あなたの想像の及びもつかぬような方法で生きのびてきたっ」

夕羅の銃を持つ手が震えていた。異世界での壮絶な暮らしは、本来なら王太子として日の当たる場所で華々しく生きられるはずだった彼の矜持《きんじ》を、粉々に打ち砕いたのかもしれない。

「一族も未来の玉座も奪われ、ようやく帰ってこれたら、このありさまですっ。私の記憶にあるヤクモはなにひとつ残っていない。数百年の歴史を誇る回廊に囲まれた王城もっ。水の流れる音が絶えない楽園のような庭園もっ。イツキ神が暮らすと民が崇《あが》めていた鐘楼《しょうろう》もっ。あの美しかった石畳の城下町もっ。なにもかも、埃《ほこり》っぽい、辛気《しんき》くさいものにすげ替えられてしまったのですから……っ」

夕羅は一瞬泣きそうに声を詰まらせ、そして怒号する。

「私は居場所どころか、思い出さえも奪われた……っ!!」

彼は真桜の腕を振りはらうと、銃口をふたたび夜白に向ける。

「私だけではないっ。一族は皆、貴様を怨《うら》んでいようっ！」

銃弾が三連続で放たれた。だが、夜白の胸にぶら下がるイツキが、薄い玉虫色の障壁で彼を包み込んだので、弾はことごとく弾かれる。

夜白は壁の内で、なぜだかおかしそうに笑う。

（……夜白？）

「そうだ。私は大逆人だ」

「認めるのですね……」

「はなっから認めている。そうでないと、そなたも一族も浮かばれまい。自分たちからなにもかも、命まで奪う原因を作った者が善人などと民からうっかり思われてしまってはな……」

それを聞いて、真桜はようやくわかった気がした。

（……それが、あなたの本心なのね）

夜白が暴君であろうとする一番の理由――彼の行為が一族の滅亡につながった。それは望んだことではなかったけれど、自分が生涯憎まれ役を貫けば、一族の無念は晴らしてやれる――そう考えているのだろう。

自分をないがしろにした一族にまで思いやりをかけてやるなんて――。

（暴君じゃないっ。ちっとも暴君じゃない！）

そんな優しすぎる人が、暴君を続けられるはずがないっ。

真桜はもう一度、夕羅の拳銃を持つ手にすがりついていた。

「なぜ邪魔をするのですっ。あれは自分の罪を認めているっ」

「わかってるわよっ。そんなことっ。でも、あなただって綺麗《きれい》に生きていたわけじゃないでしょうっ！」

「あの世界で生き抜くためだっ！」

「夜白だってそうなの！」

そうだ。ふたりとも生き抜くために罪深くなった。

同じなのだ。

だったら、自分が夜白のほうを選ぶわけは——。

「あたしは…あたしが好きな人に味方するまでよ！」

断言してしまった。勢いにまかせてではない。これが真桜の本心だった。

すると、夕羅は真桜を引き離そうとしていたのを、ふとやめ、拳銃の持っていない左手を彼女の額にかざした。

「ならば……その思いの根源を絶つまでです」

「なっ」

真桜の手にある指輪が濃い青の光を放つ。その青い光に意識を吸い取られそうな感覚——いや、意識というより、さらに奥深くを根こそぎ奪われてしまうような。

あたりにわんわんと不快な音の波がこだましはじめた。指輪の青い玉の力に抵抗して、夜白の持つ勾玉が不協和音を奏でているのだ。

青い玉と、夜白の勾玉はしばし音の波でせめぎ合い——だが、やはり青い玉のほうが力は勝っているのだろう。やがて夜白の玉が限界を伝えるかのように小刻みに震えだし、ついには彼を守る玉虫色の障壁が瑠璃《るり》の音をたてて砕け、光の破片を散らした。

それだけには終わらない。

ふたたび夜白の周囲を玉虫の光が覆う。しかし、今度のそれは彼を守る壁ではなかった。夜白は胸もとに苦しげに手をやると、力なくその場にくずおれ、身動きがとれなくなってしまったのだ。

（……夜白……っ？）

「彼の持つ玉はすでにこちらの青玉に操られています。彼を覆っているのは呪縛《じゅばく》の光」

夕羅が報復を楽しむ声で言う。

だったら、こちらの玉の力を弱めればいい——そう考えた真桜は、青い玉に気を送るまいと抵抗するように力んだが、そうするとなぜか夜白はよけいに苦しみだす。

夕羅がくつくつと笑った。

「当然でしょう。すでに双方の玉は連鎖しているのです。あなたが気を送るのを拒めば、あちらの玉はヤシロから気を吸収して、呪縛を続行しようとする。気の吸収と呪縛——彼を二重苦が襲うのですよ。彼を楽にしてあげたいなら、あなたが気を送るしかない。記憶の喪失と引き換えにね」

「……っ」

一瞬、迷い——だが、真桜が指輪に気を送りはじめたそのとき。

「イツキなどいらぬっ！」

夜白がほとばしる声で大呼した。懐から小刀を取りだすと、勾玉の紐《ひも》を切り、遠くに投げ捨てる。歯を食いしばって立ち上がると、持てる力を出し切るように、小刀をふりかざして夕羅へと駆けだしたのだった。

「捨て鉢に走りますか。愚かです」

夕羅が冷めたまなざしで、夜白に銃口を向ける。

夜白の胸もとを狙《ねら》いすましている間、夕羅の意識は真桜からそれる。それはほんのわずかな時間であったが、指輪の青い光が弱まった。夜白はその隙《すき》を狙って懐からふたつの勾玉を引きだすと、強烈な光をあたりに放ち、夕羅の視界を阻む。

「なっ」

竹藪に響く銃声。光が収束したとき、夜白は真桜を抱き、夕羅から遠ざけるように地面に倒れ込んでいた。

夜白はすぐさま真桜の指から指輪を抜くと、みずから気を送って、ふたりを包み込む丸い防壁を作る。夕羅は弾丸を撃ち込もうとしたが、すでに弾切れで、忌々しげに銃を地面に叩《たた》きつけた。

「どういうことです……」

「首に下げていたうち、本物は三つだけだ。残るふたつは偽物。本物の光を透過して、全部が光っていたように見えていただけだ。盗難にそなえて、前々から囮《おとり》の贋物《にせもの》ぐらい用意してあるさ……」

　すると、夕羅は遠くに投げ捨てられた勾玉をすぐさま拾い、光らせるも、やはり青い玉の力には及ばない。だが、そのまなざしに断念の色はなかった。

「いいえ。私は諦めないっ」

「なら、諦めがつくようにしてやろう」

「なにっ!?」

　夜白は指輪を強く握りしめると、彼自身が青い光をまといはじめる。指輪の玉に多量の気を流し込んでいるのである。

　その光が朦朧《もうろう》としていた真桜の意識を醒《さ》めさせる。はっと起き上がり、異様に青く輝く夜白の手もとをのぞいた。

「なにをしてるの……?」

「イツキをすべて壊す。これに大量の気を送って」

「え?」

「思いだしたのだ……十年前、イツキが暴走する中、青い光がいくつもはじけたのを。あれは今思えば、他の王族たちが持つ青い玉が砕けた光だったのだ。これだけが残ったのだろう。あの男の執着のもとになり、そなたを苦しめるものなら、ないほうがいい」

「……また、暴走しない？」

「あのときは母との対面に我を失って、イツキに振り回されていた。今は大丈夫だ。イツキも使いなれたし、それに、なによりもそなたが側《そば》にいる……」

「でも、イツキがないと、常葉みたいな妖を倒せなくなるわよ……」

「あれとて、もとは異世界で封印されていた身。ならばイツキに頼らずとも、我らはその方法を探ればよい。珠黄も紅羽もいるではないか」

だが真桜にはもっと切実な問題があった。当然真桜は気づいていたが、そのことを先に口にしたのは夜白だった。

「……そなたは二度と帰れなくなるかもしれない」

真桜は微苦笑を浮かべる。

「暴君なのに、そんな心配…するんだ」

「………」

彼がふとつらそうに顔をしかめた。見ると、左肩だけでなく左脇腹《ひだりわきばら》にも血が滲んでいた。夕羅の最後に放った弾が当たっていたのだ。

そのせいで気を充分に送れないのだろう。ふたりを守る青い障壁がうっすらと消えそうになった。

外にいる夕羅が攻撃の気配を見せる。

真桜が慌てて夜白の手を包み込み、彼女の気を合流させることで壁は復活した。

「駄目だ、そなたは……」

夜白は真桜の手をのけさせようとする。

「外に夕羅がいるのよ。あなたが力を使いはたしたら、どうするの」

「私はそなたにはカンナギのような真似《まね》をしてほしくないのだ。今でも初めて見た母の死に体のような姿が目に焼き付いて離れぬ……」

（……それで、ずっとイツキのことを隠そうとしたのね）

彼はイツキを世間には封印したことにし、真桜にも存在を伏せようとした。珠黄はそのわけを体質のせいだと話していたが、おそらくそれは二の次だろう。夜白はイツキのために誰かを犠牲にしたくなかったにちがいない。

（……やっぱり暴君なんてほど遠いよ）

真桜は包み込んでいた手をほどくと、そっと腕を伸ばし、今度は夜白自身を包み込んだ。それでも彼を通じて、指輪には気を送れる。

「真桜……？」

「全部言うわ。あたし、元の世界に戻りたいって気持ちは捨てられない。もう、こうなったらイツキを壊すしかないのはわかってるけど、それでも未練たらたらよ。きっとしばらくは落ち込むわ。大泣きするわ」

言った側から、泣きたくなる。

「すまない……」

「暴君なんでしょ。謝らないで。それよりも、今はふたりで切り抜けましょ。落ち込んだあたしをなぐさめられるのは、きっと、あなただけなんだもの」

「私…だけ？」

「だって、あたし、あなたのこと、好きになってしまった……みたいだから」

さっきはあんなに啖呵《たんか》を切れるほどに言えたのに、面と向かってでは、やはり照れがあり、少し語尾を濁した。

けれど、ようやく心の内をはき出せた。もう隠し事はなにもない。

「それがそなたの想《おも》いなのだな」

「ええ。だから、今はふたりで無事に」

「……わかった」

夜白は抱きしめてくる真桜の腕をほどかせ、今度は彼が抱きしめてやる。

「すべてをかけて、私がそなたをなぐさめてやろう」

「で、でも、あたしだって、ただでは落ち込まないからね。こうなったら意地でもあなたに暴君を返上させてみせるんだから」

「それだけは、たとえそなたが詛《のろ》いをかけようとも叶《かな》いはせぬぞ」

「あなた、暴君向きじゃないって」

「いいや、私は恐ろしい男だ」

夜白は頑《かたく》なに暴君でいようとした。八雲を守るため、そして自分のせいで亡くなった一族の無念を受けとめるために。

（……だからそういうところが優しすぎるっていうのに）

外では夕羅がだめ押しとばかりに手元の勾玉を光らせるも、青い障壁はほんの少しばかり共鳴の音を立てるだけで、びくともしない。

だが、真桜と夜白も限界が近づいていた。残る力を青い玉の破壊に注がねばならないのだから、いつまでもこうしてはいられない。

「真桜、一気に壊すぞ」

「うん……」

ふたりの石に呼応するように青の光が輝きを増す。だが、それと同時に意識をさらわれそうにもなって、真桜の手は小刻みに震えてきた。

「ねえ……あたし、あなたのお母さんと同じみたい。イツキに気を送ると、記憶が欠けてしまうって、夕羅が言ってたわ」

真桜は夜白にも覚悟をしてほしくて打ちあけた。夜白は慌てて真桜の手を引き離そうとしたが、また青い光が弱まったので、真桜は強くつかんで引き止める。

「大丈夫。あなたのお母さんは、大きくなったあなたを見て、思いだしたわ。忘れてなかったのよ。心の奥底では。それだけあなたの存在が大事だったの」

「そなたも私を忘れないというのか」

「わからない……」

ひょっとしたら、なにもかも忘れてしまうのではという恐怖もあった。だが、夜白の顔は青ざめ、手は氷のように冷たい。もはや彼も気を送るのが限界なのだ。イツキはふたりの協力がないと壊せないのである。

一か八かなら、大きく出ようと思う。

「賭けしない？」

「賭け？」

「あたしがあなたのこと覚えていたら、暴君をやめること」

「……もし、忘れていたら？」

「好きにしたらいいわ。あたしのあなたへの気持ちがたいしたことなかったってことだもの。あなたの生き方に口出しなんてできるはずないじゃない」

「どちらにせよ、私には面白くない結果ではないか……」

夜白は苦い笑みを浮かべ、しかし、賭けを受けはしなかった。なにがあろうと、暴君返上だけはお断りのようだ。ただ、真桜を抱きしめる腕に力をこめ、意識が遠のいてくる彼女に、最後まで自分との思い出を刻みつけようとする。

「忘れるな。いいや、忘れても、記憶の闇《やみ》から必ず引きずりだしやる。私への想いをな」

「……どうせなら、もっとときめく言葉にしてよ」

「なら、どう言えばいい。そなたにかかった忘却の詛《のろ》いを解いてみせよう…か」

「……それも駄目」

「面倒臭い。だったら、これはどうだ……」

ため息まじりに言って、夜白は真桜に口づける。

すると、ふたりを包む青い光がいっそう輝きを増した。

ふたりの側に転がるふたつの勾玉がひび割れ、風鈴のような涼やかな音ではじけて、二色のきらめきを周囲に放つ。

続いて、夕羅の手にある勾玉のうち、本物の三つがはじけ、これもまたきらめきながら、あたりに飛び散る。

「やめろっ!」

夕羅は最後の玉の破壊だけは阻止しようと駆けだしたが、たちまち膨張する青い光のまぶしさに足止めされる。

ほどなくして光の洪水は去り——。

無風の闇の中、きらきらと舞い落ちる青光の残滓《ざんし》を浴びながら、真桜と夜白は目を伏せて寄り添っていた。

だが、異変を感じたのは夜白だった、彼はふと目を開けた。真桜の温もりが腕の中から消えてゆく。ほのかな青に光に包まれた彼女の姿がどんどんと薄くなっていった。

「真桜！」

強く呼びかけても、真桜は眠ったままだった。揺さぶり起こそうにも、夜白の手は彼女の身体をすり抜けてしまう。

「行くなっ！」

ぎゅっと抱きしめ、だが、それも空にすがるだけに終わった。

「……………」

夜白の意識はもう限界だった。気力を振りしぼってその場に座りつづける彼の背後に、夕羅が静かに近づいてくる。

「まさか、あのときと同じになるとはね……」

力のない声で、夜白の不幸をあざ笑うかのように言った。

「あなたの母も、イツキの暴走中にあの場から姿を消しました。覚えていないのですか」

「覚えている……」

そう。あのとき、母は自分の目の前から消えていった。引き止めようとして、つかんだ母の手から指輪だけが抜け、夜白の手もとに残った。そして、その直後、今度は夜白と夕羅が飛ば

されてしまったのだ。

夕羅の乾いた笑い声が夜白の背中に浴びせられる。

「あなたもこれで、私と同じですね。大事なものを失ってしまいました」

「……いいや、失ってはいない」

なんとなくこうなる気はしていた。だが、なぜか絶望感はない。

「強がりはおよしなさい。少しせいせいしましたよ。けれど、私はあなたにもっと報復したくなりました。今ここであなたを殺してもおもしろくない。——私は私自身の力で新たな国を興してみせます。そして、いつの日かこの汚れたヤクモを支配下に置き、必ずやあなたを地べたに這《は》いつくばらせてみせる」

宣戦布告を残して、夕羅は足早に藪の暗がりへと消えてゆく。

夜白は後を追わなかった。夕羅の憎悪を受けとめるのもまた、あの事変を引き起こした自分に課せられた業だと覚悟しているから。

彼はしばらくその場に座り込んだままで——ようやく顔を上げたのは、もうひとつの戦いを終えた珠黄と紅羽が駆けつけてきたときだった。

常葉相手にかなり苦戦したのか、ふたりとも着物がぼろぼろだ。珠黄の美しい白髪は煤《すす》をかぶったように汚れ、紅羽の翼は羽が抜けまくっている。

「主上、ご無事で……」

しかし、ふり返った夜白の表情で、彼らは漠然となにかを察したのだろう。珠黄が気づかうようにそっと話しかけた。

「あの、姫はどちらに……」

「賭けをしたいと言っていた」

そう言った夜白にほのかな笑みが浮かんだ。

「賭け？」

「だから、きっと真桜は戻ってくる」

「はあ……」

珠黄はよくわからないようだったが、紅羽がくすりと笑う。正直、彼もこの状況はさっぱり把握できてはいないものの、ひとつだけ確実に言えることがあった。

「だな。あのおせっかいが、この暴君馬鹿《ばか》をほったらかしにしておくはずがねえって」

「……ああ、帰ってくる、真桜は」

つぶやく夜白の身体にはかすかな感覚がくすぶっていた。それがきっと希望につながるはずと感じながら、彼は張りつめた糸が切れるように意識を失ったのだった。

——三ヶ月後。

「ただいまぁ」

学校から自宅のマンションに帰ってきた真桜が、自分の部屋に入ろうとすると、キッチンにいた母が菜箸《さいばし》を手に慌てて娘を引き止めた。

「ああ、よかった。ちょっと下のコンビニで至急お醤油《しょうゆ》買ってきてくれない？　今、揚げ物していて、手が離せないのよ」

「ええっ。汗だらけで先にシャワー浴びたい。太輝《たいき》に行かせればいいじゃない」

玄関には弟の太輝の靴が雑に脱ぎ捨てられていた。もう帰っているはずだ。

「あの子、塾の宿題があるんですって。今年、受験で頑張ってるのよ」

「……ベッドの上でゲームしてるに決まってるわよ。むしろ、こっちは連休なのに部活でくたくたなんですけど」

「どうせ人に頼まれて、参加してるクラブなんでしょうが。というか、この前、あんたが部員やってるところ、ほとんど廃部になったって言ってなかった？　まさか、また頼まれて、新しいところに……」

「女子格闘技同好会……」

「はあっ!?」

「新設するから、とにかく人が集まるまで、規定の頭数が欲しいって」

「女の子が格闘技はないわ、格闘技はっ。どうしてあんたは、そう……」

「人の頼みを気安く受け入れるの——でしょう？　いいじゃない」

「開き直ってどうするのよ」

開き直ってなどいない。ただ、どういうわけか、以前は嫌だったこの性格、今は案外悪くないかもと思えるようになったのだ。むしろほのかな自信さえ持てている。まるでだれかに認めてもらえたような——そんな覚えなどないはずなのに。

「ん？　ちょっと、それはなに？」

母は真桜のサブバッグからのぞく派手な赤の布地をめざとく見つけた。

「萌ちゃんよ。ほら、軽音部がもうすぐ定期ライブ開くでしょ。衣装作るの手伝ってって頼まれたのよ」

「手伝うったって、あんたがほとんど縫うんでしょうに。まったく。いくら幼馴染みだからって、いいかげん度を超したものは断ったら？　私なら、萌ちゃんにとっくにドラゴン・スープレックスかましてるけどね」

母は見えない相手を羽交い締めし、ブリッジで後方に叩きつける仕草をしてみせる。

「母さん、格闘技に文句言うわりに、なんでプロレス技知ってるの……」

「え？　ま、まあ、高校時代にその手の部活動を、ちょっぴり、うふふ」

「この前、高校時代は詩吟同好会だって言ってなかった？　それと、たしかもひとつ前は前衛演劇部だって」

「そ、そうだったかしら」

「結局、あたしの性格って母さん譲りってことでしょうが」

　違うわよ、と母は菜箸を握りしめて断言する。

「母さんはそのクラブを全部自分で立ち上げたの。ただ、情熱が長続きしなかっただけ」

「それもどうかと思うけど」

「そういうあんたは、自分でやりたいことあるの？」

「あるわよ」

　即座に答え、しかし母に「なにを？」と問われれば、

「………」

「……ないんじゃないの」

「あ、あるってば」

　嘘ではない。真桜は時々それをしたくて無性に心が駆り立てられる。けれど、具体的に思い浮かべようとすると、頭の中にもやがかかったようにはっきりしないのだ。

ぼうっと虚《うつ》ろなまなざしをする娘の顔を、母は心配そうにのぞき込んだ。

「真桜、あんた、ちょっと変よ」

「そ、そうかな？」

「……やっぱりあのこと、気にしてるの？」

母は遠慮がちに言う。あのこととは――三ヶ月前のことだ。

今から三ヶ月前の夕刻、真桜は元図書館だったという空き地に倒れているのを、買い物帰りの主婦に発見され、通報を受けた警察に無事保護された。

一ヶ月以上行方《ゆくえ》不明だったと聞かされ、一番驚いたのは真桜自身だった。その間の記憶がまるでなかったのだ。発見時、妙な打ち掛けのような着物を着ていたが、それもどういう経緯で身につけているのかわからなかった。

唯一所持していた携帯も調べられ、中に怪しい衣装の青年の写真があったとかで、何枚かプリントアウトしたものを見せられたが、真桜は首を横に振るばかりだった。警察のほうで彼の身元や所在を調べたらしいが判明せず、結局真相はうやむやになった。一部のマスコミにも神隠しに遭った少女として取り上げられたが、直後に起こった女優の電撃入籍で、真桜の話題などあっけなく吹っ飛んでしまった。

年頃の女の子が行方不明というと、どうしてもデリケートな問題が関わってくるので、父も母もこのことに関しては慎重だった。引越や転校も持ちかけられたのだけれど、むしろ真桜はそれを全力で拒んだ。事件に巻き込まれ、さらにはその記憶がないという不安よりも、この場所を離れてしまう不安のほうがなぜか大きかったのだ。

「真桜、今からでも転校したいなら……」

「あのことならもう気にしてないよ」

真桜はあっけらかんと答える。クラスメイトも当初は腫《は》れ物に触るような接し方をしてきたが、今では以前と変わらない。記憶がない不安も癒《い》えた。今ではあいかわらず頼まれごとをされるし、真桜も相変わらずそれを引き受けている。

ただ、これは家族にも友人にも内緒——実は時折、ちょっと不思議な気持ちにはなるのだ。苦くて、くすぐったい。上手《うま》く表現できないが、こういうのを、ひょっとして切ないというのかもと、真桜は密《ひそ》かに思っている。

「……その顔がどうも心配なんだけどねぇ」

母はしかめっ面でぼやく。

「なんか、昔、母さんが父さんに出会ったときみたいな……て、まあ、誘拐犯にまさかね」

真桜には聞こえないようにひとりごち、そして彼女の背中をとんと押した。

「とにかくお醤油買ってきて。あんたの好きな唐揚げのあんかけ。塩味のあんになってもいいわけ？」

「はいはい」

結局、お使いに行く羽目になり、真桜が玄関を出ようとすると、奥からペットのパグが駆けてきて足もとにじゃれついてきたので、真桜は抱きあげてなだめる。

「ああ、駄目よ。散歩なら昼間すましてるんでしょう、夜叉丸」

「真桜、その子……桃《もも》ちゃんだけど」

「え？」

夜叉丸って……誰だろう？

❖

その夜の就寝前、ベッドに入ろうとした真桜は、あっと思いだし、通学鞄《かばん》から一枚のプリントを取りだした。

（あちゃ、これ、連休明けに提出だっけ……）

進路希望書だった。二年の秋ともなると、もはや願望とか夢ではなく、現実味のある進路先を書くことを要求される。

どうしよう…と真桜は悩んだ。そこそこの進学校なので、クラスメイトの大半はもう具体的に目標の大学を決めていて、それに向けた勉強を進めている。

真桜は焦っていた。目標が定まらないからではなく、目標があるはずなのに、向かう先がわからない焦燥感。

……行かなきゃ。

……どこへ？

そんな自問自答がふと浮かび、けれど答えは見えず、あの切なさがまたやってくる。

きっとこの気持ちはどの大学へ行っても、いいや、それどころか、この世界のどこに行っても満たされない気がする。

（……もう三ヶ月も経ってるのに）

どうせ満たされないのなら、この妙な気持ちに見切りをつけたかった。第一希望が叶わない人などたくさんいるのだ。ましてやそれがなにかわからないのでは、どうしようもないではないかと自分を諭す。

そのとき、トントンと扉がノックされ、母が顔をのぞかせた。

「もう寝るの？」

「うん、なに？」

「これ。夕飯のときに渡そうと思ってたんだけど、うっかりしてて」

部屋に入ってきた母が差しだしたのは、真桜の携帯だった。件《くだん》の事件の事情聴取の際に警察に預けて、それっきりだったのだ。

「ずいぶん時間かかったね。なんか大きな事件がらみ?」

「うん。返却を忘れてただけみたい。昼間、刑事さんが届けに来て、謝ってくれたわ」

真桜は携帯を受けとると、早速いじりだした。預けていた間、ずっとガラケーを代用していたのだが、やはり使い慣れたお気に入りの物のほうが安心できる。

しかし、色々と触っているうちに「あれ？」と首をかしげた。

「写真がほとんどなくなってるんだけど……刑事さん、なにかしたのかな？」

「あ……それ、私なの」

母がすまなそうに打ちあける。

「どうして？」

「だって、そのぅ…例の事件の関係者っぽい写真も残ってたじゃない？　三ヶ月も経って、真桜も落ちついてるみたいなのに、またそれ見て、気持ちが混乱したらいけないと思って、削除したら、他のもたくさん消えちゃって」

「ひどっ」

「ごめん、ごめん、でも、真桜にはあのこと忘れてほしいの」

「母さん……」

この話題は今日は二度目だ。もしや自分が思っている以上に、顔に出ているのだろうか。

「……やっぱり気にしてるの？　真桜」

「ううん、そんなことないよ……大丈夫」

真桜はそう言って、母を安心させた。

家族に心配はかけられない。そう思うと、なにもかも吹っ切る決意がついた。もう見えない目的に惑わされるのはやめよう。

「じゃあ、おやすみ」

と、母が出ていくと、真桜は携帯を手にベッドに入る。気分転換にゲームでも…とアイコンをタッチしかけて、ふと、あることを思いだした。

（……そういやロックしている写真もあったっけ）

アイドルみたいな表情で自撮りしたちょっと恥ずかしい写真とか、永久保存したい近所の可《か》愛《わい》い子猫の写真とかを保存してあるのだ。

さすがに母もそこまでは気が回らなかったようだ。真桜がロックと解くと、写真は全部残っていて、なにげなしに一番新しい写真を開く。

「………」

画面に触れる真桜の指先が、時間が止まったように動かなくなった。

そこに映っているのは、安堵《あんど》したように眠る黒髪の青年。

もう警察で彼の写真を何枚も見せられた。まるで見覚えがなく、ただ綺麗な人と思っただけなのに。

「あ……」

この写真だけはどうしてこうも心が震えるのだろう。

幸せそうな寝顔。その温かい時間を共有したことがあるかのように、真桜は画面の向こうが懐かしくてたまらない。

……行かなきゃ。

……どこへ？

またあの自問自答が蘇《よみがえ》る。

そのとたん――どこにしまわれてあったのだろうか。膨大な記憶が真桜の脳裏になだれ込んでくる。

そのあまりの多さに、息苦しくて目を閉じれば、まぶたの裏に、写真をめくるように次から次へと見知らぬ映像が流れ――やがてそれは、覚えのある鮮やかな記憶に変化し、真桜はようやくあの問いの答えを見つけた。

……行かなきゃ。

……どこへ?

——八雲へ!　夜白のもとへ!

「——っ」

真桜は思いだしてしまった。
しかし、それは同時に彼女を落胆もさせる。
布団を頭までひっかぶり、泣きそうな声でつぶやいた。
「……行けないんだ」
真桜をあの場所へ導くはずの玉はすべて壊れてしまったのだから。
(……あたし、賭けに勝ったのに)
あなたのことをこうして覚えている。
あなたをしつける約束のはずなのに。
会いたい。
それが、あたしのなによりも望む未来の選択肢なのに。

……真桜。

……真桜。

幻聴。それとも夢。あなたの声がとても近い。

「真桜！」

耳もとでリアルに聞こえたので、わっと真桜は飛び起きた。

「え？」

目に飛び込んできたのはいつもと違う、けれど見覚えのある風景。広々とした和式の間。さっきまで夜のはずだったのが、簀子縁《すのこえん》の向こうの日本庭園はなぜか朝の光が射していて、目玉のついた水仙《すいせん》が「ザケンナ、コノヤローッ」と妖気《ようき》に合唱をしている。

「真桜っ」

パジャマ姿の真桜は、突然、背後から抱きしめられた。ひゃっとすくみ、そして首をねじ向けると、そこには白い寝間着をまとった夜白が笑顔でいて――。

「や、夜白!?」

再会も仰天だったが、自分が今いるところが夜白の寝床ということにも驚いて、慌てて飛びだそうとするも、彼に腕を引かれて、今度は正面から抱きしめられる。

（ど、どうして……？）

会えた嬉《うれ》しさよりも、イツキもなしになぜ八雲に召喚が叶ったのかがわからない。やはり夢ではなかろうかと、頬をつねろうとした真桜より先に、夜白がぺろりと真桜の鼻先を舐めてきたのだった。

「おおっ。真桜の味が濃い。これは真であるぞ」

「……その確かめかた、あり？」

「一度舐めたものなら、私の舌の記憶は確実だ」

「そういう意味じゃなくて」

「それに、私の周囲の者どもでは、これが定番の確かめかただ」

「妖の定番なんでしょう……」

やれやれ、相変わらずだと思いかけ、肝心のことを確かめていないことに気づき、ぐっと彼の顔をのぞき込んだ。

「どうして召喚できたの？」

「イツキの力だ」

「え？　イツキはあのとき全部壊したわよね」

「イツキの力は……ここに残っている」

夜白は自分の胸に手を当てた。そして次の真桜の胸を指さす。

「どういうこと？」

「あのとき、破壊された青いイツキ玉の欠片《かけら》が、すべて我らに注いだ。あれで我々はイツキの力をこの身の内に備えることができたのだ」

「そうなると、わかって玉を壊したの？」

「いや。ただ、あの欠片の光を浴びた直後、身体の内で妙な力が蓄えられる感覚がした。だから、ひょっとしてとは思っていたがな」

「でも大丈夫なの？　イツキの力を使って」

夜白はイツキの力を使うと、体力を大きく消耗する。しかし、今の目の前にいる彼はなんともないようだ。

「それが不思議となくなった。おそらくイツキが外にあれば、使うときに急激に体力を削《そ》いでいくが、内にあることで、使わないときも少しずつ体力を吸収して、蓄えているのではないだろうか。そなたの記憶にも支障はないのではないか？」

「ど、どうかしら？」

すっぱり記憶が消えていると、記憶が消えたことじたいも忘れているので、確かめようがないが、パジャマを着ている自分がついさっきまでベッドにいた記憶があるわけだから、たぶん記憶は失われていないような気がする。

「大丈夫……みたいよ」

「かつてのカンナギが記憶を失ったのは、イツキが気とともに記憶をも吸収していたからだ。

だからそなたのようにイツキを身に備えれば、記憶が失われることはない」

「あ、そういえば、さっき記憶を取りもどしたとき、まったく身に覚えのない映像も頭の中に閃《ひらめ》いたわ。あれって昔のカンナギが失った記憶だったのかしら」

「たぶん、そうだ……」

「でも、あたし、この三ヶ月間はここでの記憶を忘れてたのよ……」

「そなたの場合はイツキの作用が、母と同様、特に記憶の障害に強く出る体質だ。イツキの力とともに他のカンナギたちの記憶をも体内に蓄えたので、記憶が混乱せぬよう、身体が自然と記憶に鍵をかけていたのだろう」

だが鍵は解かれた。夜白との優しい思い出を残した一枚の写真が、真桜の彼への想いを駆り立て、封じられた記憶をすべて放ったのである。

夜白は瞬《まばた》きも惜しむほどに真桜をじっと見つめ、瞳に明るい紫紺色を浮かべる。

「ずっとそなたに会いたいと思っていた……」

「あたし……さっき思ったの。会いたいって」

どうやら互いの気持ちが重なったときに、召喚は叶うらしい。

（……でも、再会がパジャマだなんて、どうよ）

しかも着慣れたよれよれのものだ。どうせならもうちょっとマシな格好で出直したいなぁなどと思っていると、真桜をほんのりと青い光が包み、身体がわずかに薄く透けてくる。

「ど、どうなってるの？」

「元の世界のことを考えていたのではないか。そうなると戻ってしまうようだな」

つまり、これからは行き来が自由ということにもなる。

夜白は消えそうになる真桜にさらに強く腕を絡めてきた。

「行くでない、真桜。ならば、私のことだけを考えさせてやる」

（……え？）

突然。強引に、けれども柔らかな肌当たりで、真桜は唇を奪われていた。爪《つめ》の先まで甘く痺《しび》れるような感覚が染みていき、唇が離れたあとも、しばらくはなにも考えられない。

「こ、これは…だ…駄目……」

「どうして？」

甘すぎて、かえって拒絶反応が…なんて言えない。おかげでかえって青い光が増してしまった気がする。

「だったら今宵《こよい》までそなたを引き止めるにはどうしたらいいのだ。ここに五寸釘《ごすんくぎ》があれば、魂に打ちつけてでも、そなたをとどめておくのに」

「……また、そんな言い方する」

真桜は呆れ果てて——だが、彼らしい言動の連続にようやく再会を実感できて、ちょっと涙ぐんだ笑顔で、彼の胸にこつんと頭を預けた。

「……ああ、そうだ」

「なに？」

「そなたを引き止めるまじないの言葉があったぞ」

「まじない？」

夜白は優しい笑みを浮かべながら、真桜の耳もとにぞくぞくとするような中低音の声でまじないを囁《ささや》く。

「……そなたが愛《いと》おしい」

その言葉は、真桜の身体ではなく、心を甘く痺れさせてくれた。

「そなたは言わぬのか？」

「え、あたし？」

「そなたの返事だ。愛おしいと言ってくれるまでこうして離さぬぞ」

「あ、あたしはいいじゃない」

恥ずかしくて言えない。なによりも真桜を包む青い光はとっくに消えている。これが彼への答えになっているのだから。

「そ、それよりも、約束、守ってもらうわよ」

「約束？」

「あたしがあなたのこと覚えていたら、暴君返上って賭けをしたでしょう？」

「さて、私はあの賭けを引きうけた覚えがないのだが」

どうやら夜白はまだ返上する気はなさそうで、しかし、真桜とて負けられない。

進路調査のプリントの第一希望は「暴君更生役」に決定だ。果たして担任が真に受けてくれるかどうか。

(ん？　ああっ、あんなとこに……)

簀子縁の柱の陰からちょこちょこのぞくしっぽと、黒い翼は、珠黄と紅羽のものだろうか。先ほどからこっそり盗み見しているらしい。わんわんと鳴いて部屋に駆け込んでこようとする夜叉丸を何度も引き戻す手までが見えている。

入ってきたらいいのにと思った。

……だって。

「真桜、今日《きょう》だけは暴君を許してくれぬか……」

そう言って、二度目の口づけを強いる夜白の横暴ぶりを止めてほしいのだ。

あとがき

こんにちは。めぐみ和季《わき》です！

今作は異世界召喚モノを、私の大好きな和と妖《あやかし》で味つけしてみました（余談ですが…私、某妖怪モノに登場する狛犬《こまいぬ》兄弟のデザインを見て、設定を知るまでは、猫だと勘違いしていた不届き者だったりもします……）。

個人的にはもふもふ系が好物なものですから、妖狐《ようこ》の分身を八匹もねじ込んでしまいました。ついでにころころなワンコも。「狐さんはぜひぜひイラストに入れてくださいっ」と担当さまにお願いをしておいたら、嬉しいことにピンナップのほうで伊藤《いとう》先生が描いてくださいましたよ。本文では彼らのある部分がお仕置きの道具にも使われていますが、私なら、あんなお仕置き、大歓迎なんですけどね♪

ちなみに恋愛モノとしては溺愛系を目指したつもりなのですが……果たして読者さまにはどう受けとられたのか。ヒーローは私史上ぶっちぎりの不器用男。そしてヒロインも私の作品では初の現代女子高生です。普通です。平凡です。どこにでもいるような女の子のはず……なんだけどな。

イラストの伊藤明十《あきと》先生。たくさんの素敵な絵をありがとうございます。先生の巧みな表現力のおかげで、私の拙著も華やかにデコレーションされました。ピンナップの夜叉丸《やしゃまる》が可愛すぎます！

毎度の常套文句と言われようが、今回も書かせいただきます。担当女史、それから関係者の皆々さま、大変お世話になりました。特に担当女史には、まるっと原稿を書き直したいので〆切りを延ばしてくれと、思いきり我がままを押し通してしまいました。なのに温かく（もしや生温かく？）見守ってくださるなんて……本当に頭が下がって、今やブラジルあたりまで突き抜けそうな思いです。

最後はもちろん読者さまへの御礼です。はじめてですか？　それともお久しぶりでしょうか？　ひょっとして常連さま？　なんにせよ、お手にとっていただきましてありがとうございます。これをきっかけにご縁が長く続けばいいなぁなどと、淡い夢を抱いております。もしお気に召しまして、ご感想などいただけましたら、作者冥利につきます。お葉書か掌編などでお返事させていただく予定です。

それでは、また、いつか、どこかで、新たに物語の扉を用意して、皆さまのお越しを首を長くしてお待ちしております。

めぐみ和季

IRIS ICHIJINSHA

あやかし帝《みかど》の恋絵巻《こいえまき》
異世界《いせかい》行ったら二分《にふん》で寵姫《ちょうき》!?

2015年2月1日　初版発行

著　者■めぐみ和季
発行者■杉野庸介
発行所■株式会社一迅社
〒160-0022
東京都新宿区新宿2-5-10
成信ビル8F
電話03-5312-7432(編集)
電話03-5312-6150(販売)

印刷所・製本■大日本印刷株式会社
ＤＴＰ■株式会社三協美術

装　幀■小菅ひとみ(CoCo.Design)

ISBN978-4-7580-4672-5

●この作品はフィクションです。実際の人物・団体・事件などには関係ありません。

この本を読んでのご意見
ご感想などをお寄せください。

おたよりの宛て先

〒160-0022
東京都新宿区新宿2-5-10
成信ビル8F
株式会社一迅社　ノベル編集部
めぐみ和季《わき》先生・伊藤明十《いとうあきと》先生

IRIS 一迅社文庫アイリス

守銭奴少女のお仕事は、熱烈な婿たちに囲まれた女王様!?

『女王サマは優雅なご稼業!? ~桃宮は危険な恋に満ちて~』

著者・めぐみ和季
イラスト：サカノ景子

貧乏貴族の娘・藍花《あいふぁ》が高給に釣られて請けた仕事は、女王の身代わり!?　騙されたと気づいて逃げ出そうとする藍花に「あと一年で子供が出来なければ、女王を退位しなければならない」との情報が。退位金までもらえると知り、熱烈な婿候補達から逃れて一年だけ女王になりすます決意をした藍花。だが、婿候補の一人・蓮羽に身代わりを知られ「俺の子を産め」と迫られてしまい——？

中華風『嫁逃げ』ラブファンタジー開幕♥

IRIS ICHIJINSHA 一迅社文庫アイリス

身代わり女王の新たな婿は、亡国の元皇帝陛下!?

『女王サマは優雅なご稼業!? ～恋敵は異国より来たりて～』

「桃仙公主。さあ、余と子作りしようぞ」
騙されて女王の身代わりをすることになった貧乏貴族の娘、藍花《あいふぁ》。彼女は、一年後の女王退位を目指して、婿候補・蓮羽《れんう》たちの情熱的な求愛から今日も逃げ回っていた。そんな藍花の前に新たな婿候補として現れたのは、女好きと噂の亡国の元皇帝・翠雅だった！　その上、隣の軍事大国〈真鳳〉が同盟を申し込んできて…。女王稼業は波乱万丈!?　中華風『嫁逃げ』ラブファンタジー第2弾！

著者・めぐみ和季
イラスト：サカノ景子